KB142888

오늘의 좋음을
내일로 미루지
않겠습니다.

오늘의 좋음을 내일로 미루지 않겠습니다.

indigo
Story and mate

오늘, 좋음을 누리는 방법에 대하여

몇 달 전 어느 퀴즈 프로그램에서 본 인상 깊은 장면이다. 퀴즈를 풀고 난 다음이었나. 진행자가 머리 성성한 70대 할머니에게 앞으로 어떻게 살고 싶으냐고 질문했다. 할머니는 이렇게 대답했다.

"이제는 편하게 살고 싶어요."

TV 앞에서 나는 힘차게 고개를 끄덕였다. 막 삼십 대 중반에 들어선 사람이 가지기엔 나태한 자세로 보일 수 있겠지만, 이런 태도는 할머니가 된 후에나 어울리는 게 아닐까 싶겠지만, 나는 그런 마음가짐으로 하루를 산다. 내키지 않는 상황을 감내해야 하는 경우가 허다하고, 바란 적 없는 일들이 나를 주저앉히기 일쑤이니까 내가 할 수 있는 한 편하게 살고 싶다고 말이다.

오랫동안 어떤 사람이 되어야 한다고 생각했다. 내가 나여서는 안 되는 것처럼 굴었다. 내성적이면서 외향적인 척하는 건 다반사. 대학생 시절 대외 활동 담당자에게서 '일부러 그러지 않아도 된다'는 말을 들은 적도 있다.

동시에 무얼 더 이루고 더 가진 후에야 하고 싶은 것을 하고 좋은 것을 곁에 둘 수 있다고 여겼다. 왜인지 모르겠지만 행복해지려면 어떤 자격을 갖추어야 하는 줄 알았다. 아무튼 지금으로는 안 된다고, 더 나아져야 한다고 나를 다그쳤다.

일례로 어릴 적 꽤 착실한 학생이었던 나는 '성공하려면 TV는 가급적 보지 말라'는 선생님의 말을 철석같이 믿으며 자랐다. 그래서 요즘 온라인에서 유행하는 '예전 방송을 다시 보며 그 시절을 추억하는' 열차에 탑승하기 어렵다. 슬쩍 슬쩍 보긴 했는데 한껏 죄책감을 느끼며 봤더니 제대로 기억나는 게 없는 거다.

지금은 보고 싶은 방송 프로그램을 보는 일에 주저함이 없다. 틈틈이 스마트 폰 세상으로 빠져드는 나를 탓하지도 않는다. 그렇게 살아서 발전이 있겠느냐고 혀를 찬다고 할지라도 어쩔 수 없다. 고단한 내일도 한번 살아볼 마음이 드는 건 이대로는 안 된다고 나를 몰아세울 때가 아니라 오히려 지금인 것이다.

사는 게 어렵기만 할 때 나는 예고도 없이 들이닥치는 불운에 대해 생각한다. 어느 만큼의 생이 남았는지 모른다는 사실을 떠올린다. 그러면 다소 쉬워진다.

"오늘 좋고 싶다는 것. 그리고 지금 이대로, 좋음을 누리기에 충분하다는 것."

이것만 기억하면 되니 말이다.

오늘의 좋음을 찾기 위해 인생을 건 모험을 하는 얘기는 이 책 어디에도 나오지 않는다. 대단한 성과를 내는 얘기 역시. 대신 한 끼라도 이왕이면 맛있는 것을 먹으려 식당을 찾아다니다 문득 '나 열심히 살고 있네?' 놀라는 얘기, 살이 쪄버린 몸이 미웠는데 적당히 늘어나면서도 살을 착 잡아주는 스판 바지를 입고는 이 모습도 좋아하게 된 얘기, '남보다 느려도 괜찮다'는 사실을 마주하고 안도하는 얘기 같은 시시한 경험담들로 가득하다.

그러니까 잘난 것도 변변히 이룬 것도 특별한 무엇이 있는 것도 아닌 평범한 사람이 흔들리고 헤매면서도 뚜벅뚜벅 살아가는 얘기다. 이토록 평범한 얘기를 귀한 시간을 내어 읽어 주기로 마음먹은 당신에게 감사의 마음을 전한다.

멈칫

이만하면

괜찮지, 뭐
엉망은
아니야~

차례

2장 | 아무것도 안 해도 아무 일도 일어나지 않으니까

3장 | 더 행복하기 위해 오늘의 나에게 친절하기

4장 | 오늘의 좋음을 모아 내일을 삽니다

좋아하는 일을 더 좋아하기 위해 잠시 멈춰보기로 했습니다

나를 버티게 하는 말

중년의 여자가 스물한 살의 여자에게 말한다.

"우리도 아가씨 같은 이십 대가 있었어요. 이렇게 나이 들 생각하니 끔찍하죠?"

어린 여자는 대답한다.

"빨리 그 나이가 됐으면 좋겠어요. 인생이 덜 힘들 거잖아요."

얼마간의 시간이 흐르고, 중년의 여자가 혼잣말인 듯 아닌 듯 중얼거린다.

"생각해보니 어려서도 인생이 안 힘든 건 아니었어."

올 초 인기리에 방영되었던 드라마 <나의 아저씨>의 한 장면이다. 가슴 한구석에 담아두고 꺼내 보고 싶은 이야기가 매회 넘쳤는데 문득 그 장면이 떠오른 건 지금 내가 힘든 탓일까. 중년 여자의 말을 따라 새삼스레 지난날을 더듬어보니 이십대 초를 관통하던 말들이 스쳤다.

홀로 상경한 스무 살, 좁고 딱딱한 기숙사 침대에 누워 엄마가 보내준 꽃무늬 이불을 머리끝까지 뒤집어쓴 채 나는 자주 입안에서 이 말을 굴렸다.

"외로움 때문에 하고 싶은 걸 저버려서야 되겠니."

운 좋게 서울권 대학에 장학금을 받고 진학할 수 있는 성적을 냈으나, 몇몇 선생님이 서울로의 진학을 완곡하게 반대하셨다. 가정형편을 고려해 주거비 안 드는 지역 대학으로, 보다 안정된 직업을 가질 수 있는 학과에 가는 편이 좋겠다는 이유에서였다. 나 역시 막상 가려니 겁이 났으리라. 가도 되는 걸까, 두렵기도 했으리라.

그러한 심경을 눈치채셨던 걸까. 주임 선생님이 나를 불러서 해주신 말씀이었다.

대학에 다니는 동안, 외로워서 하고 싶은 것을 저버리고 싶을 때마다 내가 하고 싶은 게 뭔지도 모르면서 이 문장을 꺼내 읊조렸다. 외로웠기 때문에, 외로워서 그게 무엇이든 간에 저버리고 싶어졌기 때문에.

꽤 큰 규모로 열리던 학과 행사의 기획부를 맡아 이끌 당시엔 "스스로 선택한 일인데 네가 잘 해내야지 어쩌겠느냐"던 아빠의 말을, 과제와 공모전 준비에 틈틈이 아르바이트하며 어느 기업의 홍보 기자로 활동하던 때엔 "지금 이 순간은 가면 다시 오지 않으니 더 적극적으로 임하라"던 동료의 충고를 붙잡고서 약해지지 말라고 나를 다그쳤다.

여행지에서 컨디션과 기분이 평균 밑을 맴돌던 내게 친구가 참다못해 건넨 충고 "계기는 스스로 만드는 거야"는 한동안 좌우명처럼 지니고 다녔다. 그 시절 그런 말들을 그러모아 무너질 것 같을 때마다 버텼다. 누군가의 등 뒤로 숨고 싶을 때마다, 주저앉아 울고 싶을 때마다.

그렇다고 해서 버티는 날만 있진 않았다. 놓아버리고 도망친 날도, 아무 생각 없이 흘려보낸 날도, 안간힘 쓰지 않은 날도 수두룩했다. 지금이라고 해서 버티는 나날만 이어지는 건 아니듯이.

하지만 요즘의 나는 드라마 속 중년 여자처럼 버티고 있다. 한동안 늪에 빠진 것도 같았고 도저히 달아날 수 없는 덫에 걸린 것도 같았다. 망망대해를 표류하는 난파선에 타고 있는 것 같기도 했다. 겪어본 적은 없지만 그런 심정이었다.

흔히 시간이 해결해준다고 하지만 아무것도 하지 않으면 시간만 갈 뿐, 절로 달라지는 건 없다. 못 할 것 같은데, 정말 못 할 것 같은데 그럼에도 불구하고 직접 돌파해야만 시련을 빠져나갈 수 있다. 자기 몫의 삶이란 그런 것이니까.

그런데 숨 막히던 열기가 누그러들 즈음 잊고 있던 사실 하나가 뒤통수를 때렸다.

'나는 쉽게 해낸 적이 없다는 것.'

어떤 일이건 어떤 상황이건 남들보다 배로 괴로워하며 헤쳐 나왔다. 그걸 홀랑 잊어버리고 이번만 힘든 것처럼 굴고 있었다.

이번만 이다지도 어려운 게 아니라는 사실을 깨닫고 나자 도리어 기운이 났다. 궁극엔 어떻게든 수많은 난관을 넘어왔다는 거니까. 그래서 지금 또 다른 난관에 다다랐다는 거니까.

영화 <우리의 20세기>에서 사춘기 아들을 둔 싱글맘 도로시아는 병원에서 아이를 못 가질 수도 있다는 말을 듣고 온 이십 대의 애비에게 이런 말을 건넨다.

“지금이야 정말 힘들지만 아무리 힘들어도 금방 괜찮아져. 그래 봐야 또 힘들어지지만.”

어쩐지 웃음이 나는 위로다. 그런데 묘하게 마음이 달래진다. 이 말을 내 상황에 맞춰 바꿔보면 이러하리라.

“매일 어떻게든 살아내다 보면 이 시련도 결국엔 끝이 날 거야. 그래 봐야 버티며 나는 시기가 또 찾아오겠지만.”

지금은 이 어둠에도 끝이 있다는 것만 기억하기로 하자. 다음 고비가 오면 그땐 이번 고비를 넘었던 나를 떠올리기로 하고. ‘못 할 것 같다, 이번엔 정말 못 할 거 같아’ 하며 하루를 나는 요즘도 그러고 보면 능선을 오르는 중인지도 모르지.

소비기한과 유통기한

끝났다는 생각이 들면
가끔 '소비기한'을 떠올린다.
'유통기한'이 지나도
먹을 수 있는 여분의 기간.

* 소비기한은 보관 상태에 따라
달라질 수 있습니다.

잘 알지도 못 하면서

빈 종이를 접어 카메라 모양을 만들었다.

"즐거웠던 유년 시절을 찍을 거예요. 가만히 떠올려보세요. 그 순간을 찍는 겁니다. 하나, 둘, 셋, 찰-칵."

발달심리학자이자 독서치료 전문가인 신혜은 교수의 <그림책 심리학> 강좌를 지인의 추천으로 듣게 됐다.

오늘은 첫 수업. 어리둥절한 채로 교수님의 말을 따라 종이 카메라에 한 눈을 대고, 다른 한쪽 눈을 지그시 감고서 골똘히 생각했다. 그래봤자 생각날 리가 없지, 불량스러운 마음으로 있었건만 얼마나 지났을까. 몇 살 때인지 모를 어느

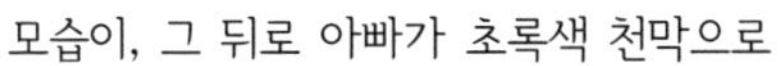

여름날이 까만 화면 위로 펼쳐졌다.

머리카락이 새카만 아빠가 마당 수돗가에 연결된 초록색 긴 호스로 내게 물장난을 치는 모습이, 그 뒤로 아빠가 초록색 천막으로 만든 간이 샤워부스가, 다시 그 뒤로 화단에 핀 노랗고 커다란 해바라기가 보였다. 나팔꽃과 봉숭아꽃과 엄마가 좋아하던 코스모스도. 아빠가 심은 거였다.

뒤이어 뽀얀 얼굴의 엄마가 프라이팬으로 솜씨 좋게 피자며 쿠키를 구워주던 것부터 온 가족이 마루에 드러누워 얇게 썬 오이를 얼굴에 올리던 순간까지, 잊고 산 추억들이 꼬리에 꼬리를 물고 달려 올라왔다.

영화 <마담 프루스트의 비밀정원>에서 마담 프루스트는 사람들이 잊어버리고 만 기억을 건져 올릴 수 있게 씁쓸한 허브차와 부드러운 마들렌, 음악을 준비해주지만 때로는 종이 카메라만으로도 충분한 것이다.

교수님이 말하기를, 뇌는 생존에 필요하다고 생각하는 정보를 더 선명히 기억한단다. 공포나 아픔처럼 감정의 고조가

클 때 강하게 각인되어 쉽게 생각난다는 얘기.

좋은 순간은 상대적으로 약하게 기억되기 마련이어서 일부러 떠올리며 의도적으로 각인시켜야 기억의 길이 난다는 말씀도 잊지 않으셨다.

최근까지만 해도 어린 날을 돌이켜 볼 때 생각나는 것이라고는 언니와 나와 동생을 건사하느라 나날이 퍼석하게 말라가던 부모님의 모습뿐이었다. 어느새 내 안에 굳게 자리한 책임감에 때때로 달아나고 싶던 심경까지. 그래서 그 시절 정서엔 자괴감과 죄책감이 진하게 어려 있다. 부모님이 최선을 다하는 걸 알면서도 이런 마음을 품는 자신을 용납할 수 있는 자식이 어디 있을까.

내게도 좋은 때가 있었다. 힘든 것만큼 좋은 순간들이 곳곳에 반짝이고 있었다. 다만 기억하지 못했을 따름이라는 사실을 맞닥뜨리고 나니 열없이 얼굴이 붉어졌다.

그렇다면 부모님에게도 좋은 나날이 있었으리라. 관계는 주고받는 것이니 틀림없이. 아무리 근면히 살아도 제자리만 맴도는 것 같은 나날 속에서 자식을 부양하는 일이 고되어 다 내팽개치고 싶은 순간이 수시로 찾아왔을지라도 살아가게 했던 좋음이 거기 분명 있었을 테다. 어린 나는 기억하지 못하거나 보지 못했거나 알아차리지 못한 좋음이.

지금도 그러하리라. 여태 험한 일 이어가야 하는 처지이지만 사이사이 부모님 나름의 재미와 보람과 긍지가, 내가 이따금 보고 들어 아는 것 말고도 있을 것이다. 부모님이 모르는 나의 행복이 있듯이.

영화 <마담 프루스트의 비밀정원>의 얘기를 더 해보자면, 주인공 폴은 온전하지 못한 기억으로 힘들어한다. 어린 시절 차갑던 아버지의 모습과 아버지가 어머니를 함부로 대하던 기억의 조각이 그를 괴롭힌다.

그런데 이웃, 마담 프루스트를 통해 건져 올린 기억 속에서 폴은 레슬링 선수로서 연습을 하던 부모를 만난다. 부모는 서로를 사랑했으며 그건 폴에 대해서도 마찬가지였다는 진실을 비로소 마주한다. 인간은 현상을 주관적으로 지각하는데 어릴수록 당시의 느낌이나 기분 등만을 단편적으로 보존하는 까닭에 불거진 오해였던 거다.

마담 프루스트는 폴을 떠나기 전 그에게 마지막 메시지를 남긴다.

"Vis ta vie(네 삶을 살아)."

이 말이 마치 내게 하는 것처럼 들렸다.

"부모의 인생에 죄책감이나 부채감 같은 것 느끼지 말고, 네 삶을 살아."

맛있는 걸 먹는다고, 꽃이 폈다고, 산에 왔다고 부모님이 당신들의 좋은 한때를 찍어 보낼 때면 마음이 놓인다.

우연히도 영화 속 폴과 내 나이가 같다.

나의 느슨한 운동생활

끈기가 없다. 지구력도 부족하다. 특히 무언가를 규칙적으로 지속하는 일에 취약하다. 그러니 운동이야 오죽할까. 그런데도 성인이 된 후로 '운동하는 사람'이 되고자 숱한 시도를 이어오는 중이다. 체력을 기르기 위해서, 몸매를 가꾸기 위해서, 그리고 멋있으니까.

한 번은 새내기도 아닌 주제에 교내 태권도 동아리에 들었다. 광고를 공부할 때의 단점이라면 세상 모든 광고를 그냥 지나치지 못한다는 것. 무려 화장실에 붙은 동아리 홍보 스티커에 넘어갔다.

'전지현의 몸매를 원하십니까?'

'네, 원합니다.'

하지만 날마다 정해진 시간에 모여 학우들이 지나다니는 캠퍼스를 오리걸음으로 걷고 숨이 턱턱 막힐 때까지 줄 맞춰 뛰어야 하는 건 고역이었다. 그리하여 한 달은 했나, 슬그머니 그만두고 동아리 선배를 만날까 봐 얼마간 도망을 다녔다.

구민 체육센터에서 헬스와 요가, 재즈댄스 수업도 들었다. 헬스는 기구 사용법을 몰라 러닝머신만 내리뛰다 그만두었고, 농구반도 되었다가 검도반도 되던 강당에서 진행된 요가 수업은 한 달 다녔던가. 생활한복 차림의 중후한 남자 선생님이 알려주는 동작은 스트레칭에 가까웠고 그마저 수강생이 워낙 많아 보려면 목을 쭉 빼거나 일어나야 했다. 재즈댄스 강좌도 그 강당에서 열렸는데, 우스꽝스러운 나를 감당할 수 없어 금세 관두었다.

요가만을 위한 공간에서 요가복을 입은 여자 선생님이 알려주는 요가를 경험해보고 싶어 동네 요가센터에도 다녔다. 선생님을 따라 한 동작씩 천천히 해보는 건 강당에서 하나 여기에서 하나 지루했다. 하지만 헬스는 더 지루했기에 다니다 말다 다니다 말다 하다, 취업 후 잦은 야근으로 영영 작별을 고했다. 새로 생긴 헬스장은 더 늦은 시각까지 운영한다기에 파격 할인을 받고 반년치 등록을 한 번에 했다가 막대한 손해를 입기도 했다. 거의 매일 더 늦게까지 일했기 때문에.

나름 거금을 내고 필라테스 그룹 수업을 받아보기도 했는데 돈 내고 벌 받는 것 같았다. 벌은 안 받는 편이 좋은 것이다.

최근엔 한 번에 30분씩 주 3회만 해도 운동 효과가 뛰어나다는 운동에 도전했다. 동네를 어슬렁거리다 광고 배너를 맞닥뜨린 결과였다. 기구 운동과 맨손체조를 30초씩 번갈아 가며 하는 운동. 운동 좀 한다 싶은 사람들은 코웃음 칠 강도였으나 출퇴근을 방에서 방으로 하는 나로선 적당했다.

임의로 1.5배속 한 빠르고 신나는 가요를 들으며 맨손체조를 할 땐 무척이나 신이 나 에어로빅을 배워볼까 잠시 고민하기도 했다. 운동하러 갈 때는 터덜터덜 걸어갔다가 끝나면 타다닥 뛰어 집으로 돌아왔다. 그런데 같은 걸 몇 달이나 했더니 싫증이 나 딱 반년을 채우고 그만두었다.

참, 오해할까 봐 말하는데 이건 성공기다. 반년이나 하다니, 내 운동사를 비추어 보자면 약진이었다.

요즘은 유튜브 영상 보며 홈 트레이닝을 하다 말다 하다 말다 한다. 전자레인지 앞에서, TV를 보면서, 침대에 누워 스트레칭도 한다. 언제 숨을 들이마시고 내쉬는지는 진작 잊었으나 대충 기억나는 대로 팔다리를 들었다 내린다.

공기 좋은 날이면 버스로 서너 정류장 거리는 걸어서 이동하고, 간식거리를 사러 집을 나서서는 일부러 먼 길로 돌아온다. 오후에는 종종 산책 삼아 동네를 걷는다. 그러니까 정해진 시간에 꼭 해야 한다는 의무감 없이, 하고 싶을 때 비정기적으로.

한 가지 운동을 꾸준히 하는 사람은 멋있다. 운동이 취미이자 생활인 사람을 보면 존경스럽다. 한때 그런 사람이 되어야 한다고 나를 몰아세우기도 했으나 이젠 그러지 않는다. 나는 대체 왜 그런 사람이 되어야만 한다고 생각했던 걸까.

하지 않을 때 하지 않는 걸 자책하는 대신 할 때 즐겁게 한다. 무언가를 규칙적으로 지속하는 일에 과분한 가치를 두었던 건 아닐까 회고하면서.

더위가 한풀 꺾이면 남편과 관악산에 오르기로 했다. 산악 동아리 활동 경험을 살려 재난 상황에서 탈출한, 영화 <엑시

트> 속 주인공들처럼 암벽등반을 배워보고 싶은 마음도 어물쩍 든다. 그 전에 한강 따라 자전거부터 타야지. 선선한 기운이 콧잔등을 스친 것 같아 부산스럽게 절기를 검색해보는 아침이다.

내일부터 다시

야식 안 먹기,
일주일도 못 했다~
우리의
나약함이란!
내일부터
다시
도전이닷!
그래~

나는
우리 의지가
강하다고 생각해,
어쨌든 계속
시도하잖아.

오,
듣고 보니
그렇네~

이것도
지속하는 거라고~
하하하~
호호호~

남을 속이는 일

대학 신입생 오리엔테이션에 참석하기 위해 외삼촌 댁에 하룻밤 신세를 졌다. 유일하게 서울에 자리를 잡은 친척이었다.

식탁에 마주 앉아 어색하게 저녁을 먹은 후 아파트 단지 내 어딘가, 난간에 기대어 말없이 바람을 쐴 때였으리라. 외삼촌은 무슨 말이라도 해야 한다고 생각했는지 “정신 똑바로 차려야 한대이. 서울은 눈감으면 코 베어 가는 곳이다.” 자못 비장하게 당부하셨다. 그 말에 겁을 좀 먹었던가. “네.” 그렇게 대답을 했던 것 같기는 하다.

두고 보니 외삼촌의 말은 맞았다. 개강 전 미리 상경한 학생들은 마땅히 할 일이 없어 학교 주변을 어슬렁거리던 시기,

사건은 오리엔테이션에서 알게 된 학과 동기와 근처 식당에서 백반을 사 먹고 캠퍼스를 거닐던 중 일어났다. 선해 보이는 얼굴을 한 남자가 다가와 설문조사에 응해달라고 부탁했다. 그런데 시간이 조금 걸릴 수 있으니 편하게 앉아서 하라며 어딘가로 우리를 이끌었다.

정신을 차리고 보니 봉고차 안. 또다시 정신을 차리고 보니 동기와 나는 계약서에 서명을 하고 있었다. 마침내 손에 묵직한 007 가방 같은 걸 들고 차에서 내렸는데, 가방에는 질 낮은 영어 학습 교구가 잔뜩 들어 있었다. 당장 이 교재로 공부하지 않으면 대학에서 도태될 것처럼 현혹하는 말에 끔뻑 넘어간 것이다.

외삼촌의 말은, 그러니까 남을 속이려고 호시탐탐 기회를 노리는 사람이 있으리라고 상상하지 못했을 스무 살짜리를 위한 조언이었다. 하지만 그러고 나서도 지갑을 분실했다며 차비를 빌려달라는 이에게 없는 돈 쪼개어 나눠준 일이 두어 번 더 있다. 꼭 갚겠다며 주고 간 명함 속 연락처는 번번이 없는 번호였다.

그런가 하면 나도 몇 번인가 남을 속였다. 2학년 때인가 3학년 때인가, 조사대행사에서 근무하던 학과 선배의 추천으로 어느 기업에서 주최한 활동에 참여할 기회를 얻었다. 몇 달간 또래 문화 트렌드를 나름대로 파악하여 보고서를 써내고 매달 교통비 명목의 활동비를 지급받는 일이었다.

서류 전형 이후 전화 면접이 실시됐다. 왜인지 집안 환경이 넉넉하고 씀씀이가 큰 학생을 선호할 것 같아 일부 거짓 응답을 했고 그것 때문인지 모르겠으나 통과했다.

내가 위로나 공감을 바라는 콘텐츠의 인기나 온라인으로 놀이 친구를 만들어 함께 공연 따위를 즐기는 문화에 관해 보고서를 쓸 때, 어떤 동료는 작업실을 갖는 것이나 마음먹으면 바로 떠나는 해외여행 같은 걸 트렌드로 발표했다. 그럴 때면 나는 놓칠세라 담당자의 표정을 유심히 살폈다.

경쟁사 매장에 방문해 소비자인 척 상담하며 매장 사진이나 영상을 찍어오라고 시킬 때조차 나는 지나치게 성의를 다했다. 다른 동료들은 그런 일까진 할 수 없었다고 태연하게 말해 충격을 받기도 했다. 적성을 찾은 듯 활동은 재미있었지만 마음은 내내 불편했다.

이력서를 쓰던 시절을 복기해보면 남을 속인 횟수가 급속도로 늘어난다. 못해도 오십여 번을 지원했으니까. 이 회사에 관심이 지대한 것처럼 또 이 회사에 부합하는 사람인 것처럼 꾸며 썼다. 행여나 서류 전형을 통과해 면접을 보게 되면 기쁘면서도 난처했다.

타인을 속여 무언가를 얻어봤자 내 것이 아니었다. 들킬까 봐 조마조마한 상태로 지내는 건 못 할 짓이었다. 사기꾼들은 어떻게 남을 속이고도 버젓이 살아가는 걸까. 무엇보다 다른 이를 속이기 위해서는 자신부터 속여야 하는데, 나를 속이면서까지 얻어야 하는 건 없다는 게 삼십여 년을 살며 내린 결론이다.

세상에 작정하고 거짓을 퍼뜨리는 사람이 너무 많다. 하루가 멀다고 진실을 교묘하게 가리고 왜곡하는 사람들을 보면 궁금해진다. 대체 자기 자신을 속이면서까지 얻어야 하는 건 무엇일까. 어쩌면 속일 자신마저 남아있지 않은 건 아닐까. 그런 인생은 딱하다는 생각이 든다.

이왕이면 맛있는 것

주말의 일이다. 안 가본 동네에 갈 때면 으레 갈 만한 식당을 찾아두는데 그날은 어째서인지 '전시장 가는 길에 점심 먹자' 정도로 의견을 모은 채 남편과 버스에서 내렸다.

정류장 가까이에 여러 음식점이 들어선 상가 빌딩이 있었다. 운행을 멈춘 에스컬레이터를 오르내리며 살펴 보니 주말이라서인지 영국식 인도 음식을 파는 가게와 일식 돈가스를 파는 식당, 찌개와 비빔밥 등을 파는 한식당과 소고기구이 전문점 그리고 쌀국수를 파는 곳만 영업 중이었다. 다 둘러본 남편은 확 끌리는 게 없다며 말했다.

"이왕이면 맛있는 걸 먹고 싶어."

마치 그의 인생관을 대변하는 것처럼 들렸다. 어차피 먹을 거라면, 이왕이면 맛있는 것을. 표어 같기도 했다. 어딘지 모르게 결연함까지 느껴졌다. 이 말을 듣자 무얼 먹든 상관없을 것 같던 마음이 한순간에 사라지고 나도 이왕이면 맛있는 걸 먹고 싶어졌다.

한여름, 그것도 자외선 수치가 하루 중 제일 높다는 시간이었지만 만족할 만한 점심을 위한 여정을 막진 못했다. 뒤도 돌아보지 않고 성큼성큼 건물을 빠져나온 우리 앞에 아지랑이가 이글이글 피어오르고 있었다.

마음에 드는 식당을 금방 찾을 수 있으리란 예상과 달리 전시장으로 들어가는 길목에 다다르기까지 마땅한 식당을 발견하지 못했다. 다소 청결해 보이지 않는 중국집과 간판도 건물도 주차장도 아주 큰 돼지갈빗집이 내 기억으로는 전부였다. 전시장 입구까지 가봤지만 사정은 다르지 않았다.

잠시 그늘에 몸을 포개어 숨을 고르고는 도로 골목을 빠져나왔다. 길 건너에 시장이 있었다. 상인과 관광객으로 붐비는 좁은 통로를 헤치며 걸었다. 눈으로 바삐 식당 간판을 좇았지만, 이번에도 돌아 나와야 했다. 더 찾아봐도 없을 게 뻔했다. 남편 뒷머리는 어느새 땀으로 흥건했다. 우리 둘 다 눈에 띄게 말수가 줄었지만, 시장 입구에서 문 활짝 열어두고 장사하던 칼국수 식당은 보고도 들어가지 않았다.

얼마간 더 걸었을까. 눈앞에 프랜차이즈 짬뽕 가게가, 길 건너편엔 메밀국수 식당이 나타났다.

"어떻게 할까?"

"어떻게 하지?"

식당 앞에서 이러지도 저러지도 못하고 서로의 얼굴만 바라보다 이내 다시 발을 뗐다. 그다지 내키지 않았던 것일 테다.

그때 저 멀리, 높다란 건물이 보였다. 백화점이었다. 저곳에 가기 위해 지금껏 더위와 사투를 벌인 걸까. 허탈함과 안도감이 뒤섞인 감정이 일었다. 막바지 힘을 짜내 걸음을 재촉했다. 무거운 문을 밀고 들어가자마자 밀려드는 시원하고 쾌적한 공기. 다른 세상이었다.

지하 식당을 구석구석 둘러본 후 전복 요리 전문점에 자리 잡고는 전복죽과 전복이 들어간 해물뚝배기를 시켰다. 더위에 지치고 허기진 이에게 전복만한 게 어디 있을까. 애초에 무엇을 먹으려고 한 건지 모르겠지만 지금은 이것이었다.

이윽고 김이 모락모락 나는 전복죽과 해물뚝배기를 마주하고서 한술 뜨는 찰나, 언뜻 이런 생각이 스쳤다.

'남편과 나, 최선을 다하고 있구나.'

고작 밥을 먹으며 이런 감상이라니 멋쩍지만 다시 생각해봐도 최선을 다한 점심이었다. 더 좋은 것, 더 편한 것, 더 마음에 들만한 것, 원하는 것에 더 가까운 걸 찾기 위해 '이왕이면' 하고 고심할 때 아마 우리는 최선을 다하고 있는 것이리라. 그러고 보면 마트에서 소시지의 원재료와 함량을 확인하고, 일을 마친 후 가장 편한 자세를 취해 늘어지고, 쉬는 날 할 거리를 찾으려고 검색을 거듭하던 순간 역시.

'이왕이면' 하고 신중을 기할 때면 그 시간이 한 뼘은 더 귀해졌던 것 같다, 지금처럼.

어쩌면 말야

인생 따위
아무래도 좋다고
너는 습관처럼
말하지만
피곤해~
출근길

이왕이면 음악 들으며 갈까...?
앗, 신곡
나왔다!

어쩌면

아끼고 있는지도 몰라.
오늘은 바닐라라떼 마셔야지~

이번이 아니면 다음에라도

어느 해라고 그렇지 않겠냐마는 2007년은 더 특별한 해로 기억된다. 본디 딴짓이 더 재미있다고 하나 절로 손이 가는 건 전공 관련 책이 아니라 디자인 잡지, 디자이너가 쓴 산문이나 실용서적이었다. 수시로 가볼 만한 미술 전시 정보를 훑고, 아는 것도 없으면서 전시장을 찾았고, 문구 디자이너나 일러스트레이터, 컬러리스트 같은 직업을 눈여겨봤다. 진로를 정하기 전 한 번은 시각디자인을 배워보고 싶었다.

숙고 끝에 대학교 2학년을 마친 후 휴학계를 내고 어느 평생교육원에서 운영하던 시각디자인 기초 과정에 등록했다.

수업이 시작된 지 얼마나 지났을까. 쏟아지는 과제를 어떻게든 해내려는 대신 포기하는 나를 발견했다. 강의실을 나서며 내일 결석할 핑곗거리를 궁리하고 강의실 문 앞까지 와서는 돌아서고 싶은 충동을 느꼈다. 변명을 해보자면 기초가 없는 사람이 소화하기엔 커리큘럼이 벅찼다. 솔직히 딱 그 정도의 흥미와 열정이었던 것이리라.

꾸역꾸역 자리만 지키다가 과정의 반도 못 채우고 관뒀다. 후유증은 상당했다.

"안 맞는 것 같아도 끝까지 해보지 그랬어. 끝까지 해보면 달랐을 수도 있잖아."

나보다 먼저 살아가고 있는, 그래서 더 많은 걸 겪어본 어른들의 말이 나를 세차게 흔들었다.

가본 적 없지만 바람이 많다는 제주도에 가서 바람을 맞고 싶었다. 온갖 근심을 바람에 훌훌 날려버릴 수 있다면. 환불받은 수강료 중 일부를 떼어 비행기 티켓을 사고, 제주 공항에서 가까운 자전거 대여점에 자전거를 빌리겠노라 예약을 걸었다. 자전거를 마지막으로 타본 게 초등학생 때인가. 그런 건 상관없었다. 작은 배낭에 갈아입을 속옷과 여벌의 옷, 세면도구와 모자, 수건과 손수건만 집어넣고 제주도로 떠났다. 여름이 채

가시지 않은 구월의 저녁이었다.

찜질방에서 쪽잠을 자고 이튿날 바로 자전거를 빌려 올라탔다. 그렇게 나흘간 이른 아침이면 길을 나서 어두워지기 전 민박집에 짐을 풀었다. 그때만 해도 만오천 원이면 방 한 칸은 빌릴 수 있었다.

인적 드문 길을 바람 가르며 쌩쌩 달리노라면 사방으로 펼쳐진 절경에 감탄하기 바빴다. 스쳐 지나가며 눈에 담는 것만으로 성에 차지 않을 땐 자전거를 세워두고 몇 분이고 바다를 바라보았다. 그럴 때면 모자를 벗어 들고 땀에 젖은 머리카락을 말렸다.

자전거를 타는 건 극기 훈련인지 노역인지 모를 정도로 힘겨웠고 때로 고통스러웠다. 하지만 페달을 밟은 만큼 정직하게 나아가는 눈에 보이는 성취가 순풍이 되어 나를 밀고 갔다.

다리에 힘이 풀려 날마다 도로에서 굴러도, 헉 소리 나는 오르막길이 눈앞에 펼쳐져도, 폭우로 비옷을 걸친 게 무색하게 쫄딱 젖어도, 잠시 쉬어가게 했을지언정 이 여정을 멈추게 하지는 못했다. 이번엔 해내리라는 각오 또한 굳셌다.

십 년도 훌쩍 지난 일이다. 그런데도 마음만 먹으면 이 여행의 결정적인 장면들을 동영상 틀듯 재생할 수 있다. 다시 출발

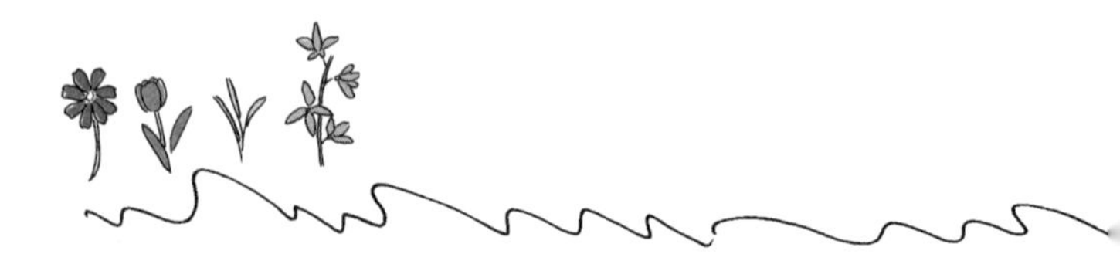

선으로 돌아왔던 저녁, 자전거를 반납하고서 그날 밤 묵을 찜질방 부근 바닷가에 앉아 소금기 있던 바람을 맞던 순간까지.

곱씹어볼수록 신기한 우연이다. 앞서 중도하차한 덕에 그리하여 속을 태운 덕에 무리한 도전을 할 수 있었다. 자전거를 타고 제주도를 달리는 일을 도중에 그만둘 수도 있었지만 완주를 한 것도 다 그 덕이다. 심지어 이 경험은 여태 기념하는 나의 자랑거리가 되었다.

막막한 내일을 앞에 두고서도 곧잘 낙관하는 습관은 어느 정도 이날에 빚지고 있다. 앞날에 어떤 일이 벌어질지 모른다는 건 언젠가는 예상치 못한 좋은 일이 올 수 있다는 의미라고 지난날의 내가 나를 토닥이는 것이다. 이번이 아니면 다음에라도, 언젠가는 말이다.

단지 잘 자고 싶을 뿐

"아침에 봐."

밤마다 남편과 인사를 나눈다. 나는 오 분만, 십 분만 더 있다 가라며 남편을 붙잡고, 남편은 몇 번이고 못 이기는 척 누워 내 머리칼을 쓸어 넘겨준다. 그만 가려는 남자를 연신 불러 세우며 장난치는 것까지가 '의식'이다. 하루 중 사이가 가장 애틋해지는 순간. 그렇다. 밤이 깊어지면 대개 남편과 나는 헤어진다. 오해는 마시라, 단지 따로 잘 뿐이다.

부부라면 무슨 일이 있어도 한 이불을 덮고 자야 한다는, 우리도 모르는 사이 내면화된 목소리에 한 침대에서 자려고 애쓰던 시절이 있었다. 하지만 잠귀가 무척 밝은 나와 코골이

와 몸부림이 상당한 남편이 한데서 자는 건 서로 고역이었다.

귀마개를 해봐도, 시차를 두고 자봐도 소용이 없었다. 잘 수 있다고 내가 나를 다독이고 남편이 얌전히 자겠노라 굳게 마음먹어도 제자리였다. 뜬눈으로 밤을 지새우다 태연히 자는 남자가 미워 보여 깨우기도 여러 차례. 그러다 어느 날부터 (아마도 살기 위해) 한 명이 잠들면 다른 한 명이 슬그머니 침대를 빠져나와 다른 방으로 건너가기 시작했다.

그러던 게 이젠 아예 처음부터 다른 방에서 잘 준비를 한다. 좋은 얼굴로 작별인사를 하고 아침이면 잘 잤느냐 물을 수 있게 된 건 그러면서부터다. 각방을 쓰는 것으로 갈등이 허무하리만큼 간단히 해소된 것이다.

어쩌다 이 소식을 듣게 된 엄마는 황망한 표정을 감추지 못하셨다. 그리고 꺼낸 말씀이란, "다 마음먹기에 달렸다." 마음을 더 먹어보라는 얘기였다. 당신도 아빠 코골이로 힘들었는데 몇 년 참으니 잘 자게 되었다면서.

어릴 적부터 부모님 말은 무슨 일이든 '다 마음먹기에 달렸다'로 귀결되곤 했다. 자식이 어려운 환경에 굴하지 않고 자라길 바랐을 부모 심정을 모르지 않고, 덕분에 '마음먹으면 안 될 것이 없다'는 자세로 씩씩하게 자랐으나 더러는 외로웠다.

마음을 못 먹은 내 탓이라는 말 같아서. 나는 마음 하나 못 먹는 사람인 것 같아서.

살아온 세월이 서른 해를 넘어선 지금은 무턱대고 마음의 힘을 믿지 않는다. 세상엔 마음만으로 안되는 일이 허다하니까. 어떤 건 아예 마음의 문제가 아니기도 하니까. 설사 바꿀 수 있는 게 마음밖에 없다고 해도 마음을 바꿔 먹는 건 정말이지 힘든 일임을 안다.

마음을 먹어야만 하는 때가 오기 마련이지만, 마음의 힘이란 실로 위대하다지만, 오직 마음 혼자만 힘을 발휘하는 것은 정말로 필요한 때를 위해 아껴두어도 괜찮다고 나는 진심으로 생각한다.

본래 잠은 피로 회복을 위한 행위. 십 년 가까이 혼자 살면서 자신에게 맞는 수면 환경과 습관이 형성된 마당에 불면의 고통을 감내하면서까지 같이 잘 노력을 이어갈 필요는 없지 않을까. 나의 부모는 그럼에도 불구하고 반드시 함께 자야 한다는 주의인데 뭐, 저마다의 입장이 있는 법이다.

참고로 프랑스 사회학자 장클로드 카우프만은 저서 『각방 예찬』에서 각방을 쓰면 결혼 후에도 자기만의 공간과 시간을 확보할 수 있어 오히려 낭만적인 관계를 유지할 수 있다고 말했다.

그러거나 말거나 관측 이래 최고 기온을 연일 갱신하는 요즘은 큰방에 널찍한 인견 매트 깔고서 같이 잔다. 이불의 끝과 끝에 누워서. 우리는 그저 잘 자고 싶을 뿐이다.

바다의 속도

카페 안
요즘도 서핑해?
응~
서핑슈트 입으면 할 만해, 또 바다는 육지보다 한 계절씩 늦거든~
친구

육지보다 느리지만,
그게 바다의 속도.

바다는 자신의 속도대로
사는 것이다.

그렇다면 나도 '바다의 속도'로.
그러니까 '나의 속도'로.

기다리는 소리

어떤 낱말은 소리와 함께 떠오른다. 이를테면 '대나무' 같은 말. 오래전 담양을 여행하던 중 죽녹원을 찾았다. 요즘처럼 관광객이 많지 않던 시절인 데다 한겨울 추위 탓인지 내부가 조용했다. 양말을 두 겹이나 신었지만 발이 언 것처럼 아팠다.

발도장만 찍고 서둘러 몸을 녹일 수 있는 곳으로 떠날 작정으로 대나무 숲으로 들어서는데 바람이 불어왔다. 바로 그때다. 대나무 백만여 그루가 일제히 유연하게 몸을 흔들었고 청량한 소리가 순식간에 허공을 가득 메웠다. 가볍고 보드라운 잎사귀들이 서로 몸을 부비며 만드는 음(音)과 음들이 서울에서 가방처럼 메고 온 고민과 아린 발 위로 내렸다. 그 소

리가 좋아 대나무 길을 다 거닐고도 쉽사
리 떠나지 못하고 볕이 드는 바위에 자
리 잡고 앉아 눈을 감았다. 무겁고 아픈
것은 아름다운 것으로 덮어가며 살아야
하는지도 모른다고 생각하면서.

바다 앞에 서면 소리를 오려 담기 일쑤다. 파도 소리는 어째서 듣고 있어도 또 듣고 싶어지는 걸까. 한 손에 착 들어오는 휴대전화엔 한눈에 들어오지 않는 바다가 조각조각 담겨 있다.

일을 하려고 컴퓨터 앞에 앉으면 제일 먼저 배경 소리를 고른다. 빗소리, 모닥불 타는 소리, 산사에서 들려오는 소리 같은 것. 단순 작업을 할 때는 노랫말이 좋은 곡도 즐겨 듣는다. 어제는 사찰 소리를 들었다. 1.5평 남짓한 방에 풍경 소리가 맑게 울렸다. 이따금 새가 지저귀었다.

빌라 뒤로 야트막한 동산이 있어 참새나 까치 우는 소리는 흔하게 듣는다. 그리고 까치 소리를 들을 때면 나의 부모님이 그러했듯 입가에 슬며시 미소가 걸린다. 어릴 적 세 들어 살던 집 마당엔 감나무 한 그루가, 낮은 담벼락을 사이에 둔 옆집엔 무화과나무 한 그루가 있었다. 그리로 까치가 찾아들면 부모님은 “반가운 손님이 오려나 보다” 소리 내어 말씀하시고는 했다. 그런 말을 하는 부모님의 얼굴엔 기대가 어렸다. 가르쳐주지 않아도 이런 믿음은 사실과 상관없이 좋다는 걸 알 수 있었다.

엄마는 정월대보름이 다가오면 오곡밥을 짓고 묵은 나물을 무쳐 올려보낸다. 언젠가는 이런 게 ‘사는 재미’라고도 했다. 술을 못 마시는 딸에게 귀밝이술로 막걸리라도 한 모금 마시라고 당부하면서. 험난한 세상을 살아가는 삶의 지혜는 대대손손 이어진다. 부모님의 부모님으로부터, 그 부모님의 부모님으로부터 작고 보드라운 믿음들을 지팡이처럼 짚고 건너는 법을 배운다.

아침마다 기다리는 소리도 있다. 밤사이 풀리지 않은 피로를 어깨에 이고서 간신히 몸을 일으킨 남편이 욕실로 들어가면 침이 꼴깍 넘어간다. 그는 샤워를 할 때 저도 모르게 흥얼거리는 습관이 있다. 안 듣는 척 듣다가 욕실에서 노랫소리가 작게 들려오면 ‘됐다’ 싶어진다. 제아무리 뚱한 표정으로 들어갔어도 씻고 나온 남편의 얼굴은 언제나 몰라보게 풀려 있다.

이런 소리에 반해 휴대전화 소리는 얼마나 날카로운지. 회사를 나온 직후부터 휴대전화는 대체로 무음 모드다. 직장인

시절 시간을 가리지 않고 울려대는 휴대전화는 스트레스였다. 설상가상으로 상사는 조금이라도 전화를 늦게 받거나 메시지에 응답이 늦으면 화를 냈다. 다른 급한 일을 하느라 그런 것인데도 말이다.

반 박자나 한 박자 늦게 부랴부랴 연락을 취해도 화를 내는 사람이 더는 없다. 마음 넉넉한 사람들 덕에 내 고요가 깨어질 일이 드물다.

며칠 전 휴대전화를 택시에 흘리고 내렸다. 택시 기사가 발견해주었으니 망정이지 하마터면 못 찾을 뻔했다. 아무런 소리도 내지 못 하고 휴대전화는 얼마나 답답하고 무서웠을까. 반성하는 의미로 그날 저녁엔 소리를 켜두었다.

2.1킬로그램짜리 안심제

거리마다 녹음이 넘실대는 계절엔 창 너머 부는 실바람에도 마음이 나부낀다. 바늘구멍 같은 틈만 생겨도 나갈 궁리다. 게다가 오늘은 금요일. 음…… 느닷없이 두어 시간 뒤 강릉으로 출발하는 기차표를 샀다는 얘기다.

그런데 노트북을 가지고 갈 것인가 말 것인가, 그것이 문제로다. 일하는 도중 집을 며칠 비우게 될 때면 으레 이 고민에 봉착한다.

지난겨울의 끄트머리에도 그랬다. 한집에 사는 남자가 여느 때처럼 불쑥 휴가 소식을 안고 와 당장 다음 날 여행을 떠나기로 했다. 하지만 일이 걸렸다. 마감이 코앞인 건 아니어도 예정에 없던 쉼은 다소 부담스럽다. 저녁엔 작업을 할 테니 방해 말고 혼자 시간을 보내라고 남편에게 단단히 이르고, 무게가 2.1킬로그램에 달하는 노트북을 챙겼다. 그래서 저녁에 작업을 했느냐고?

여행하는 사흘 동안 단 한 번, 남편 잘 때 한 시간 정도 노트북 열어 끼적인 게 전부다. 집에서부터 여행지 숙소에 도착할 때까지, 또 집으로 돌아오는 길에 무거움을 감내한 것치고는 허무한 사용 시간이었다. 몇 년 전 데스크톱 대신 사용할 용도로 산 것이다 보니 잠깐 들 땐 몰라도 장시간 감당하기엔 무게가 상당했다. 하물며 여행 가는 데 짐이 노트북만 있었을 리도 만무.

고백하면 한두 번이 아니다. 몇 주 전 부모님 댁에 내려갈 때도 어깨엔 배낭을 한 손엔 노트북을 들고 다녀왔다. 버스 타고 기차 타고 다시 지하철 타고 버스 타고 집에 도착했을 땐 녹초가 되어 있었다. 뭐라도 했느냐고 누가 묻는다면 이번에도 고개를 저어야 한다.

어디 보자, 몇 년을 거슬러 올라간다면. 첫 책을 출간하기로 계약서에 서명을 하고 두어 달 지났을 무렵, 언니가 자신의 휴가에 동행해달라고 부탁했다. 첫 해외여행에 동무가 필요했던 거다. 언니가 비행기 표도 사주고 숙소비도 내준다는

데 거절할 수는 없지. 마찬가지로 노트북을 이고 지고 가서 한 페이지 썼던가. 한 날은 언니 혼자 야시장 보내놓고 노트북을 켰지만 마음은 야시장에 있었고, 또 다른 날은 언니 먼저 관광지로 떠나고 나는 숙소에 몇 시간 더 머물렀지만 단지 노트북을 보고만 있었다.

나는 환경 적응력이 뛰어나다. 분위기에 잘 휩쓸린다는 얘기다. 익숙한 공간을 벗어나는 순간 작업은 휴식이자 여행이 되어버리고 만다. 무엇에도 방해받지 않고 글쓰기에 매진하려고 여행을 떠나는 작가의 얘기를 만날 때면 경이롭다는 생각부터 든다. 훗날 작가로 성공해 그런 여행을 가보는 날이 올지라도, 아마 나는 또 여행을 해버릴 게 분명하다. 무엇에도 방해받지 않기엔 '여행지' 자체가 거대한 방해물이라서. 그래서 내가 이 모양이겠지만.

밝히지 않은 사례가 더 있는데, 아무튼 팔 운동에 가까운 짓을 여러 차례 반복하며 알아차렸다. 나는 마음만 먹으면 언제든 할 수 있다는 사실로 위안 삼아온 것이다. 노트북은 일종의 안심제(安心劑)였다. 마음만 먹으면 언제든 할 수 있어서 도리어 안 하고 돌아온다니 희한한 일이다.

하기는 휴대전화를 손에서 놓지 않고 지내면서 오랜 친구에게 연락한 게 언제인지 까마득하다. 러닝 애플리케이션을 다운받아놓고 한 번도 달리지 않은 건 말해 무엇 할까. 그러니까 내 경우로 한정하자면, 그게 무엇이든 간에 언제든 할 수 있다는 마음가짐이면 언제가 돼도 못 할 소지가 크다는 것. '언제든 할 수 있다'는 무한한 가능성의 말이 아니라 차라리 불가능의 말에 가깝다.

그럼에도 불구하고 작업할 파일을 노트북으로 옮겼다. 예외는 있기 마련이고 그 예외가 이번일지도 모르니까. 사흘치 짐을 간단히 꾸린 후 서둘러 집을 나섰는데, 기차역으로 향하는 버스에 오르고 보니 손이 허전하다.

그래, 안심제로만 삼기엔 너무 무겁긴 했어.

좋자고 하는 일

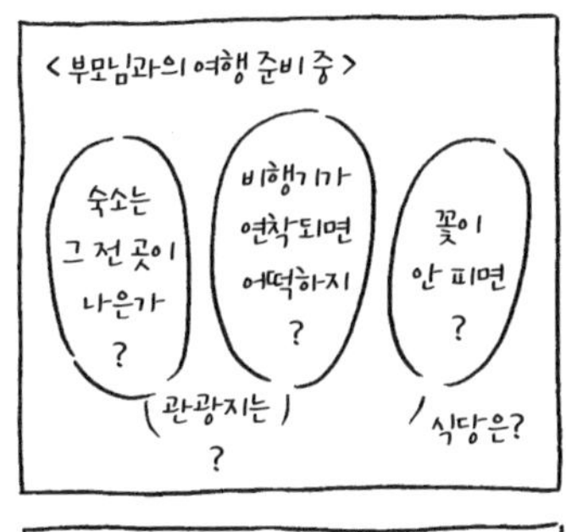
<부모님과의 여행 준비 중>
숙소는 그 전 곳이 나은가?
비행기가 연착되면 어떡하지?
꽃이 안 피면?
관광지는?
식당은?

으아아아아아악

다 좋자고 하는 건데, 왜 그렇게 스트레스 받아?
지금이 안 좋잖아.

......!!!!

아무것도 안 해도 아무 일도 일어나지 않으니까

이루지 않아도 좋을 꿈

어느 TV 프로그램에서 꿈이 없어 고민이라는 직장인의 사연에 진행자가 이렇게 대답해준 적 있다.

"대부분 꿈 없이 살아요, 이상한 것 아니에요."

그 말에 나도 고개를 끄덕였다.

되짚어보면 꿈 갖기는 어린 날의 놀이였던 것 같다. 어른이 된다는 걸 상상할 수도 없을 만큼 조그맣던 시절, 아주 먼 훗날을 직업으로나마 그려보는 놀이.

"크면 소방관이 될 거야." "나는 대통령." "나는 피아니스트." 어릴 적 동네에 유치원이 없어 미술학원에서 연필을 잡았던 나는 당연한 듯 '화가'라고 꿈을 적어냈다. 자신과 직업에 대해 제대로 알지도 못하면서 뭐라도 골라보는 것이다.

그땐 꿈이 없는 아이가 없었다. 새 학기가 될 때마다 만들어서라도 꿈을 적어내야 했기 때문에. 멋진 어른이 될 자신을 기대하며 성장하라는 어른들의 배려였을까. 그래서 그토록 꿈을 크게 가지라고 독려했는지 모른다. 자라면서 아는 게 많아진 우리는 더 이상 허무맹랑한 직업을 꿈꾸지 않는다. 꿈이 작아진다기보다 자신과 가까워지는 것일 테다.

이런 성장 환경 탓일까. 우리는 다 커서도 꿈이 있어야 할 것 같은 강박을 느낀다. 그것도 아주 원대한 포부를 가져야만 할 것 같다. 그런데 달리 생각하면 꿈이 없다는 건 꿈이 구태여 필요하지 않다는 의미가 되기도 한다. 꿈 없이 못 사는 거라면 본능적으로 갈구했을 테니 말이다. 고로 이만하면 잘 살고 있나 봐, 속 편하게 여겨도 좋지 않을까. 반드시 있어야 하는 무엇이 내게만 없는 것 같을 때, 그 무엇을 찬찬히 살펴보면 없어도 그만인 경우가 적지 않다.

한편 꿈이라는 말의 뜻은 '실현하고 싶은 희망이나 이상'이다. 거창하지 않아도, 오랫동안 노력해서 이뤄야 하는 것이 아니어도 꿈이 될 수 있다. 일을 마친 후 하고 싶은 것, 주말에 가보고 싶은 곳, 올해의 버킷 리스트 역시 오늘의 꿈, 이번 주의 꿈, 올해의 꿈인 거다. '꿈이 없어 고민'이라던 시청자 또한 여러 꿈을 꾸고 있을지 모른다.

꿈이라는 말엔 '실현될 가능성이 아주 작거나 전혀 없는 헛된 기대나 생각'이라는 뜻도 있다. 보통은 "꿈 깨"처럼 부정적으로 쓰이지만, 나는 '이루지 않아도 좋을 꿈'이라고 멋대로 쓰기도 한다. 이 이루지 않아도 좋을 꿈이 내게 있는 것이다. 이른바 헐렁한 꿈. 아담한 작업실 겸 가게를 꾸리는 일이 그것이다.

고등학교 1학년 땐가 2학년 땐가 일본어 경시대회에서 훗날 작은 상점을 차리고 싶다고 밝혔다가 다음 날 교무실로 불려가 꿈이 작다고 혼이 났던 일화가 기억난다.

쉬는 날 부모님의 장사를 도우며, 거리에서 설문조사 응답을 받아내는 아르바이트를 해보며, 손수 만든 책과 엽서를 들고 프리마켓에 참여하며, 휴가 간 책방지기 대신 책방을 며칠 봐주며 상인으로서의 자질이 없다는 걸 깨닫고 나서는 실제로 가게 주인이 되어볼 생각이 옅어졌다. 그런데도 누가 꿈이 무어냐 물으면 주섬주섬 품 안에서 이 꿈을 꺼내어 펼쳐본다. 그러면 '그들은 오래오래 행복하게 살았습니다'로 끝나는 동화

책의 마지막 장을 덮은 듯 마음이 포근해진다. 간직하는 것으로 제 역할을 다하는 꿈도 있는 셈이다.

꿈을 일부러 갖지 않아도 되어서, 다른 사람에게 검사받지 않고 꿀 수 있어서 어른은 좋은 시절이다.

언제는 언제

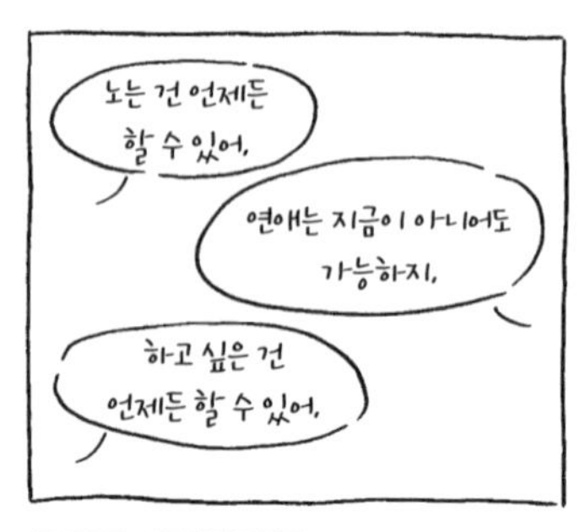
노는 건 언제든
할 수 있어.
연애는 지금이 아니어도
가능하지.
하고 싶은 건
언제든 할 수 있어.

지금은
공부할 때지~
일할 때이고!
미래를 준비할 때야.

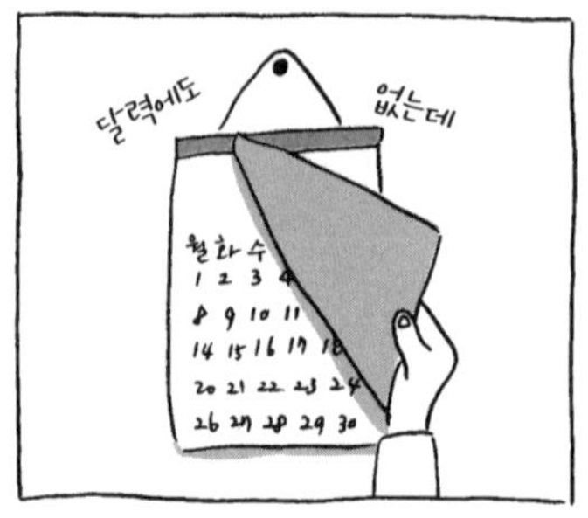
달력에도
없는데
월 화 수
1 2 3
8 9 10 11
14 15 16 17 18
20 21 22 23 24
26 27 28 29 30

언제는
언제지!?

이 나이 이대로 괜찮은 걸까

한수희 작가의 산문집 『온전히 나답게』를 펼쳤다가 '내년이면 내 나이도 마흔'라는 구절에서 눈이 번쩍 뜨였다. 작가는 나보다 여섯 살이 많을 때 이 책을 썼단다. 나도 지금부터 육 년여를 노력하면 연륜이 쌓이고 깨침을 얻어 멋진 글을 쓸 수 있게 될까. 그녀는 일찍이 잡지사에서 일했으며 이미 한 차례 산문집을 냈고 다년간 칼럼니스트로 활약하고 있으니, 나의 경우 훨씬 더 많은 시간을 들여야 할는지 모른다. 그것도 내가 그녀만 한 재주가 있다는 전제하에 가능한 얘기다.

어쨌거나 당분간 이렇다 할 성과를 못 내도 된다고 믿을 만한 인생 선배가 땅땅, 선고라도 해준 것 같아 가슴 뻐근해진다. 마음대로 다독임 받는다.

은밀한 버릇이 있다. 책 읽다 말고, 드라마 보다 말고, 영화 보고 나와 작품을 만든 당시의 작가 나이를 찾아보는 것이다. 찾아 나서지 않아도 책날개에 저자 출생 연도가 적혀 있거나 글 속에 나이가 드러날 땐 심장이 쿵덕쿵덕 뛴다. 임경선 작가의 책에서, 편집자가 저자 프로필에서 나이는 빼도 되지 않겠느냐고 말한 일화를 읽으면서는 탄식을 내질렀다(편집자님, 그거 아니에요). 나이가 많을수록 맥박은 한층 빨라진다. 만일 지금의 나보다 늦은 나이에 성취했다면 얼씨구, 쾌재를 부르며 '내 마음속에 저장'한다.

회사를 나와 여태 공부한 것이나 일한 것과 상관없이 막연히 내 것을 만들어보겠노라고 다짐한 이후부터였으리라. 더 정확하게는 애인이 생일 선물로 건네준 일본 작가 마스다 미리의 만화책『내가 정말 원하는 건 뭐지?』를 읽고 나서.

이런 이야기를 써보고 싶었던 것 같아, 단서를 찾았다는 생각에 손가락 바삐 움직여 알아봤다. 서른세 살에 데뷔한 뒤 서른여덟 살에 다른 인기 만화인 '수짱 시리즈'를 썼으며, 마흔두 살에 이 책을 냈다는 사실은 스물아홉 살이던 내게 꽤 고무적이었다. 자신 있다고 말할 수 있는 분야도, 내세울 만한 성과도, 나를 소개할 마땅한 이름도 없이 그야말로 '그냥 서른세 살'을 맞이할 거라고 당시의 나는 예상하지 못했을 테지만. '그냥 서른세 살'이면서 의연하게 살고 있을 것이라고도.

그래도 '생각이나 감정을 어떤 식으로든 표현하며 살고 싶다'던 두루뭉술하고 모호한 바람이 '이야기를 쓰고 싶다'로 또렷해졌다. 드라마 극본이 될 수도, 만화가 될 수도, 그림책이 될 수도 있으리라. 악보를 못 읽지만 노래가 될지도 모르지. 헤매기와 멈춰 들여다보기가 특기인 느림보라 여태 이 수준인 건 민망하지만 말이다.

포털 사이트에 기재된 정보에 의하면 재작년 초 스릴러 드라마 <시그널>로 큰 인기를 얻은 김은희 작가는 서른여덟 살에 <위기일발 풍년빌라> 공동 집필로 데뷔했다. <시그널>이 방영된 해 그녀 나이는 마흔다섯 살. 얼마 전 이 사실을 알자마자 내 앞에 놓인 시간이 주욱 늘어났다. 아직 늦지 않았다고 말해주는 것 같아서. 아니, 좀 늦으면 어떠냐고 등을 툭 밀어주는 것 같아서. 그럴 때면 파도처럼 밀려오던 불안감도 슬그머니 물러난다. 당장 변변히 이룬 게 없을지라도 착실히 해나가다 보면 그즈음 어쩌면 나도 그럴듯한 성과를 낼 수 있을지 모른다고 단꿈을 꾼다.

다람쥐는 겨울이 오기 전 밤과 도토리를 부지런히 찾아 땅에 묻어두고선 그걸 꺼내 먹으며 찬 계절을 난다. 나도 그렇다. 마음에 찬 바람 부는 시기가 기척도 없이 찾아오면 살뜰히 모아둔 나이들을 꺼내 보며 마음을 덥힌다.

이 나이에 이대로 괜찮은 걸까? 그럼, 안 괜찮을 이유가 없지.

최근 수집한 나이 정보. 『벗지 말걸 그랬어』로 국내에서도 유명한 그림책 작가 요시타케 신스케는 마흔한 살의 나이에 첫 작품을 냈다.

탁
멈칫
나도 조금은 자랐을까?

일단 좀 쉬고

2005년, 지금은 없어진 극장 시네코아에서 이와이 슌지 감독의 특별전이 열렸다. 그의 이전 작 <4월 이야기>, <하나와 앨리스>, <러브레터>를 좋아하는 영화로 꼽는 데 주저하지 않았기에 상영일에 맞춰 달려가 표를 끊었다. 내가 그리던 서울생활이었다. 그리고 국내 미개봉작 세 편을 연달아 관람했다. <언두>, <피크닉>, <스왈로우테일 버터플라이>.

반전 감상평은 도중에 집으로 가고 싶었다는 것이다. 영화를 연달아 보는 건 그런 경험이다. 엉덩이가 배기고 좀이 쑤시고 머리가 어지럽고 그러고 보니 속도 안 좋은 것 같고, 당장이라도 극장을 빠져나가 허리 쭉 펴고 맑은 공기를 들이마실 수 있기를 소원하게 되는 일.

이전 작의 분위기와는 달리 무겁고 음울하고 다소 괴이한 데다 스무 살의 내가 이해하기엔 내용이 어려웠던 탓도 있겠지만 아무튼. 영화가 끝난 후 극장 앞에 얼마간 쭈그리고 앉아 있고 난 후에야 버스를 타러 갈 수 있었다. 이후 다시는 영화를 연달아 보는 일 따위 시도하지 않는다.

하물며 일은 말해 무엇 할까. 쉬어야 할 때 못 쉬고 일만 한 탓에 회사에서 일찍 떨어져 나왔다. 어디 그 이유뿐이겠냐마는. 엉덩이가 배기고 좀이 쑤시고 머리가 어지럽고 그러다 보니 속도 안 좋았다. 이직을 하는 것도 공시를 준비해보겠다는 것도 대학원에 진학할 계획도 아니면서 일단 쉬겠다는 나를 향해 사람들은 짜기라도 한 듯 팔자 눈썹을 지어 보였다.

"적지도 않은 나이에 어중간한 경력으로 그렇게 쉬어버리면 네 인생은 이도 저도 아니게 될 거야."

그런데 쉬어보니 좋았다, 아주 많이. 언제부터인가 내 삶이지만 내가 할 수 있는 게 없는 것 같았는데 순전히 내 의지로 쉰다는 사실이 감격스러웠다. 당연한 수순인 양 졸업을 앞두고 취업 전선에 뛰어들었고 자연스레 직장인이 되어 살았는데, 그러는 동안 어쩐지 빠져나올 수 없는 거대한 흐름에 던

져진 것처럼 무력했다. 단지 내 인생이라는 실감이 필요했던 건 아니었을까.

쉴 만큼 쉬었더니 자연스레 일이 간절해졌다. 돈도 벌어야 하거니와 쓸모 있는 사람이 되고자 하는 욕망은 누구에게나 내재되어 있으니 다행이었다. 그래서 말인데, 쉬었는데도 일하고 싶지 않은 건 더 쉬어야 한다는 의미가 아닐까.

우연한 계기로 뜻하지 않게 그림 일이 들어온 날의 환희를 잊지 못한다. 나를 찾아주는 이가 있다는 게 이처럼 감사한 일이었지. 아무것도 하고 싶지 않던 나날이 스쳐 지나갔다. 해야 하는 일만 떠올려도 가슴이 짓눌린 듯 답답해지던 시절이 있었다. 일이 하고 싶다니, 일을 할 수 있어 기쁘다니. 해본 적도 없는 일임에도 덥석 해보겠노라 붙잡을 수 있었던 건 말하자면 충분히 쉰 덕분이다.

쉼의 순기능이 한 가지가 더 있었으니, 무료하게 지내는 동안 알게 됐다. 그전까지 중요하다고 생각했던 것들이 더는 내게 중요하지 않음을. 이를테면 다른 사람과 속도를 맞추어 사는 것, 남과 비슷하게 사는 것, 더 빨리 더 많은 것을 가지는 것.

마크 A. 호킨스는 『당신은 지루함이 필요하다』에서 이 무료한 시간에 대해 말한다.

“화가 나면 모든 사람과 사물에서 짜증 나는 구석이 보인다. 한밤중에 공포를 느끼면 모든 잡음과 낯선 물체가 위험하게 느껴진다. 지루할 때도 비슷하다. 지루하면 우리 인생 속 몇 가지 것들에 내재한 무의미함이 드러난다.”

감기처럼 왔다 가는 일상의 우울을 넘어 삶에 대한 회의가 끊이질 않는다면 지루한 시간을 가져보면 어떨까. 의미 있다고 여겨 그간 붙잡고 있던 것들이 정말 그만한 가치가 있는지 살펴보는 건? 그렇게 할 때 삶이 망하기는커녕 더 좋은 방향으로 나아가기도 한다고 나는 말할 수 있게 되었다.

마음의 문제

초등학생 시절
카레를 싫어한 건
당근을 억지로 먹어야 했기 때문이다.

지금 내가 만드는 카레에는
당근이 들어가지 않는다.

모자란 영양소는
영양제로 보충.

만화를 그리며 배운 것

어느 날 뜬금없이 만화를 그리고 싶어졌다. 회사를 나오며 세운, 그때그때 하고 싶은 걸 해보리라는 계획은 백수 삼 년 차에도 유효했다. 그간 얼마나 아꼈던지 생활비가 다소 남아 있었다.

그나저나 그림을 그리던 것도 이야기를 써본 것도 아니면서 만화라니. 애인에게 말할 땐 쑥스러워 목소리가 기어들어 가는 듯했지만 속으론 못 할 건 없다는 마음이었다. 대단한 이야기를 만들어볼 생각일랑 없었으니까. 단지 남동생과 나와 애인의 며칠을 옮겨볼 작정이었다. 동생이 갑작스레 서울에 있는 회사에 인턴으로 합격하는 바람에 임시로 내 원룸으로 들어온 지도 어느새 두어 달이 돼가고 있었다.

그런데 컴퓨터를 켜고 뭐라도 써보려고 하자 순식간에 온 세상 불이 다 꺼져버린 것처럼 막막해졌다. 생각하는 것과 직접 해보는 건 천지 차이임을 번번이 새로 깨닫는다. 무엇부터 어떻게 해야 하는 거지? 자판을 두드려보긴 하는데 장면 하나를 넘어가지 못했다. 주변을 둘러봐도 잡을 지푸라기 한 가닥 보이지 않았다. 만화는커녕 그림을 그리는 사람도 없었다. 친구들은 주로 회사에서 광고를 기획했다.

마침 평일 저녁에 열리는 만화 워크숍을 발견했다. 성인을 대상으로 한 취미 강좌였다. 작가는 자신이 이전에 그렸던 콘티를 보여주며 말했다.

"이렇게 쓱쓱 그리면 됩니다. 쉬워요, 어렵게 생각하지 마시고 해보세요."

아니, 그걸 어떻게 해야 할지 모르겠는데요. 그로부터 일 년여 후 다른 웹툰 작가의 무료 강좌를 수강했는데 그 역시 비슷한 말을 들려주었다.

"스스로 천재라고 생각하고 막 해보세요."

무작정 해보는 수밖에 없었다. 뭘 어떻게 해야 하는지 모르겠지만 그래도 하고 싶다면 다른 방법이 없는 것이다. 나름대로 이야기의 개괄을 짜보고, 연습장에 콘티랍시고 그려보고, 빳빳한 종이에 다시 스케치를 하고, 더듬더듬 채색하는 과정은 산을 넘고 다음 산을 넘고 또 산을 넘었는데도 내 앞에 또 다른 산이 떡하니 나타나는 경험의 연속이었다. 그것도 매일, 하루에도 십수 번씩.

이렇게 해도 되는지 알려줄 사람 없고 모든 걸 내가 알아서 해야 한다는 게, 이게 맞는 건지 모르는데도 하려면 어쨌든 해야 하는 상황이 버거웠다. 그림에 대한 기초마저 없으니 어떤 자세, 어느 각도, 무슨 표정으로 그릴 것인지 결정하기도 쉽지 않아 날마다 하는 것도 없이 시름시름 앓았다.

만화를 그리며 가장 많이 한 생각은 이것이다.

'재능이 없다, 재능이 없어.'

이렇게나 허덕이는데도 이것밖에 못 하는 건 아무리 좋게 생각해보려 해도 '재능 없음'으로밖에 설명되지 않았다. 날마다 '애써봤자 여기까지'라는 걸 마주하기란 심히 곤혹스러웠다. 다른 무엇보다 이게 제일 힘들었다.

그럼에도 불구하고 매일 책상 앞에서 견뎠더니 뭐라도 만들어졌다. 잘하진 못 해도 할 수는 있는 것이다.

하고 싶은 걸 하는 유일한 방법은 그냥 하는 것. 하고 싶은 걸 하는 데 재능은 그다지 필요하지 않다. 못 하는 자신을 꾹 참고 견딜 수 있다면, 내가 먼저 손을 놓지 않을 수 있다면, 시간이 걸릴지라도 결국엔 해낼 수 있다.

만화를 그리며 나는 이걸 배웠다. 첫술에 배부를 순 없다는 오래된 말이 이럴 때 근사한 위로가 되어준다는 사실 또한.

그럴 시간은 없습니다

기차를 타는 사람은 세 부류로 나눌 수 있으리라. 창가 자리를 고수하는 사람과 통로 자리를 선호하는 사람, 그리고 어느 쪽이든 상관없는 사람.

나는 가능하다면 창가 자리로 예매하는 사람이다. 창밖 풍경을 보기 위해 기차를 타지는 않지만, 기차를 타면 창밖을 봐줘야 한다. 기차에 오르고서 하는 주요한 일이란 달짝지근한 커피를 들이켜며 창밖을 구경하는 것. 기차에서 마주하는 풍경은 유난히 더 아름다워서 아무리 내다봐도 질리지 않는다.

문제는 사진으로 남기고 싶어 휴대전화를 드는 찰나에 찍으려던 풍경은 언제나 저만치 달아나버리고 만다는 것. 가버린 풍경 아쉬워하다가 새로운 풍경까지 놓치게 되는 건 덤이다. 본가인 대구로 향하는 기차 안, 이번에도 어김없다.

학창 시절, 학생 기자로 패션쇼를 취재하러 간 적이 있다. 포토월에서 자세를 취하는 연예인을 찍고, 패션쇼가 시작되면 모델을 찍고, 쇼가 끝나면 전시장 현장을 기록하는 임무였다. 행사 시작 직전에 담당자에게서 고가의 카메라를 건네받고 작동법을 속성으로 배워 포토월에 선 연예인을 찍었다. 정식 기자들 틈바구니에서 밀리지 않기 위해 힘겨루기를 해야 했지만 멈춰 있는 피사체를 찍는 건 크게 어렵지 않았다. 그 다음이 문제였다.

쇼가 시작되자 모델들이 성큼성큼 걸어 나왔다. 당연하다. 런웨이는 걷는 곳이다. 그런데 사진을 찍어야 하는 상황이면 여간 당황스러운 게 아니다. 놓치면 되돌릴 수 없는 것이다. 나를 위해 모델이 워킹을 한 번 더 하는 일이란 있을 수 없다. 그 말인즉 놓치면 놓치는 대로 넘어가야 한다는 것이기도 했다. 놓친 걸 아쉬워하는 사이 새롭게 나오는 모델까지 놓치는 불상사를 바라지 않는다면 말이다.

'지나간 것은 지나간 대로 놔두고 지금 눈앞에 있는 모델에 집중할 것.'

그날의 교훈이었다.

공부다 취업이다 직장생활이다 뭐다 하며 내 앞가림하기 급급하다 회사를 나오고서야 주변을 살필 여유가 생겼다. 그 사이 부모님의 시간은 내 생각보다 곱절은 더 흘러 있었다. 이제 막 세상에 태어난 아기가 하루가 다르게 자라듯 다 자란 어른은 어느 시점을 기준으로 빠르게 늙어간다는 사실을 마음의 준비 없이 직면하고서 적잖이 놀랐다.

하기는 내 하루가 저무는 속도 역시 점점 빨라지고 있었다. 보지 못하고 지나쳐버린 부모님의 얼굴이 못내 아쉬워서, 나 모르게 황급히 떠나간 부모님의 시절이 애석해서 한동안 본가에만 내려가면 울적함을 감추기 힘들었다.

이 순간은 한 번 가버리면 그만이고 설상가상 잽싸게 지나간다면 우리가 할 일은 하나일 것이다. 이미 우리를 떠나간 것에 미련을 두는 대신 지금 우리에게 남은 것을 보며 좋아하는 일. 금방 가버리는 시간, 어찌할 수 없는 안타까운 것을 보며 애달피 보내기엔 아까우니까.

당신의 시간을 충실히 살아내고 있는 부모님에 대한 예의도 아닐뿐더러. 그런데 실천이 어렵다.

엄마 생신을 기념해 여행을 가기로 했다. 목적지는 부모님의 신혼여행지였던 부산. 대구에서 하룻밤을 묵고 다음 날 부산으로 떠나 당신들의 추억을 따라가볼 참이다. 나흘은 금세 가버릴 테니 부모님을 안쓰러운 눈초리로 바라보거나 걱정되는 마음에 괜한 잔소리를 할 틈 따위 없을 테지.

해마다 부모님과 여행을 하는 게 나의 목표. 이제 세 번째다.

알아가는 중

나보다 먼저 태어났을 뿐.

부모님도 나와 같은 보통 사람임을
결혼을 하고서야 깨닫는다.

그리하여 친구를 사귀고
연인을 알아가듯

하나~
둘~
셋~
부모로만 알아온
두 남녀를
뒤늦게 알아가는 중.

케이블카를 타고

설날이 막 지난날 통영에 간 건 즉흥적이었다. 돈 줄 테니 바람이라도 쐬고 오라는 말에도 늘 "여행 가면 뭐 하노, 돈만 쓰지" 말하던 동생을 데리고 잠시라도 대구를 떠나보고 싶었다. 몇 달 전 어쩌다 대학생 무리에 끼여 열흘간 사무직 아르바이트를 했을 때 동료 아르바이트생이 주말에 통영에 놀러 간다며 신이 나 말하던 게 떠올랐다.

"통영을 두고 동양의 나폴리라고 한대요."

그때 나는 아르바이트를 시작한 걸 후회하고 있었다. 자진해서 회사를 나왔고 마침 네이밍을 개발하는 일의 보조라기에 푼돈이라도 벌어볼까 지원했지만, 사원증을 목에 건 사람들과 한참 어린 아르바이트생들 사이에서 내 신세가 볼품없게 느껴지던 참이었다. 찾아보니 통영까지는 대구에서 버스로 두 시간 반쯤 걸렸다.

널리고 널린 당일치기 코스를 참고해 벽화로 유명한 동피랑 마을을 걷고, 중앙시장을 구경했다. 시장을 빠져나와서는 강구안 바다를 얼마간 바라보았다. 바다는 어디에 어떤 모습으로 있어도 황홀하다. 항구에 늘어선 낡고 작은 어선들을 부지런히 눈에 담았다. 그 곁에 정박해 있던 거북선을 재현한 배에 들어가 보려면 입장권을 사야 했는데 동생도 나도 끌리지 않아 겉모습만 훑어보았다.

이번엔 케이블카를 타러 갈 차례였다. 포털 사이트에서 '통영에서 가볼 만한 곳'이나 '통영 여행'을 검색해 나온 후기에 따르면 거의 모든 이들이 추천하는 데다 국내에서 가장 길다는 데 별 수 있나, 타봐야지. 당시만 해도 '국내에서 가장 긴 케이블카'로서의 위상이 있었다. 2018년 사천 바다 케이블카가 운행하면서 그 타이틀을 넘겨주게 되었지만. 통영까지 와서 케이블카를 안 타는 건 피렌체 가서 두오모 성당에 안 올라가는 것과 비슷할 테지.

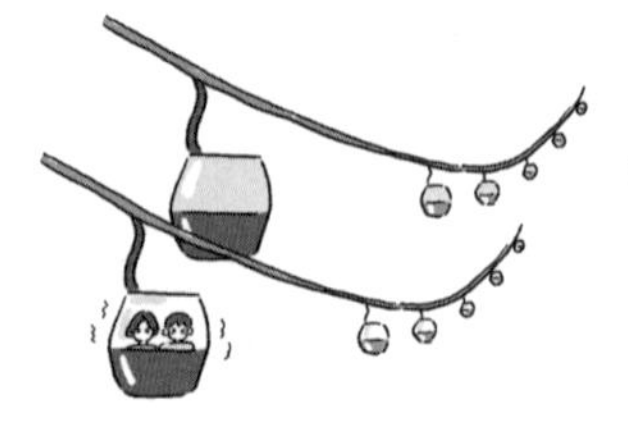

듣기론 평소 대기 행렬이 길다는데 귀가 떨어져 나갈 것처럼 매서운 추위 탓인지 매표소가 한산했다. 왕복표를 두 장 산 후 곧장 케이블카에 탑승. 그런데 문이 닫히고 케이블카가 출발하는 순간 잊고 있던 사실을 마주했다. 나는 겁이 대단히 많다는 것. 동생도 마찬가지였다. 바람에 조금만 흔들려도 소스라치게 놀라 고개도 못 들고 안전 바만 붙들었다. 한려해상수도 전망대로 향하는 십 분이 한 시간처럼 길었다.

케이블카에서 내리니 동생도 나도 어딘지 좀 늙어 있었다. 안전 바를 얼마나 세게 잡았던지 팔이 얼얼했다. 동생은 어이없다는 듯 실소를 터트렸다.

"누나야도 이럴 거면서 뭐 하러 타자고 했노."

미륵산 전망대에서 내려다보이던 한려해상수도의 모습은 그림처럼 현실감이 없었다. 뻥 뚫린 사방에서 불어닥치던 칼바람 탓인지 다시 케이블카에 몸을 싣고 돌아가야 하는 신세 때문인지 수려한 풍경을 앞에 두고서도 마음이 자꾸만 산산

이 흩어졌다.

일찍이 통영 케이블카에 비할 수 없이 낮고 짧은 서울 남산 케이블카에 올랐다가 무서워 혼이 난 전례가 있다. 어릴 적 대구 앞산에서 앙증맞은 케이블카를 타고도 벌벌 떨었다. 나로 제법 살아와 어떠할지 너끈히 짐작할 수 있는데도 곧잘 잊고 다른 사람의 추천에 귀가 펄럭이고 만다. 그러고 보니 칼국수를 좋아하지도 않으면서 맛집이라는 말에 칼국수 가게를 찾아가 기다린 끝에 한 그릇을 주문한 적도 있다. 한 입 먹자마자 '맛있어봤자 칼국수'라는 걸 깨닫고 웃음이 났던가.

그로부터 몇 년 후 다낭으로 신혼여행을 떠났다. 사전에 알아본 바에 의하면 다낭 명물 중 하나가 세계에서 두 번째로 긴 케이블카. 부모를 모시고 다낭에 다녀왔다는 지인은 케이블카를 꼭 타보라며 추천했다. 하지만 앞선 학습 효과로 케이블카는 거들떠보지도 않았다. 그런데 말이다. 지나고 나니 그래도 타볼 걸 그랬나 싶어지는 게 아닌가.

어느 쪽을 택하든 아쉬움은 그림자처럼 따라오는 걸까. 만일 그러하다면 때마다의 아쉬움에 마음을 오래 내어주지 않아도, 흘깃 쳐다보고는 내버려두어도 괜찮을 것이다.

그럭저럭의 세계

한동안 〈부부가 달라졌어요〉라는 방송 프로그램을 남편과 챙겨 봤다. 사이가 단단히 틀어진 부부가 전문가 상담과 심리치료를 받으며 원인을 찾고 관계를 회복해가는 내용으로, 채널을 돌리다 우연히 시청하고선 빠져버렸다.

결혼한 지 몇 달도 안 된 주제에 부부랍시고 미간에 주름 팍 짓고서 열중했는데, 돌아보면 우리 좀 귀여웠다 싶다. 그런데 이 프로그램을 보면서 놀란 점이 있다. 대개 과거 부모로부터 받은 상처가 현 부부 문제의 근본 원인으로 밝혀진다는 것이다.

과연 부모는 자식의 일생에 걸쳐 지대한 영향을 끼친다. 부모로부터 신체적 조건과 기질을 물려받거니와 양육 방식에 따라 인성 등이 좌우되기도 한다. 의식하지 못하고 산 이 자명한 사실이 결혼을 하고 나니 뾰족하게 와 닿는다.

나도 부모가 될 수 있다는 생각이 은연중에 드는 까닭일까. 범죄 기사도 예사로 보이지 않는다. 부모의 학대나 방치, 잘못된 교육이 범죄에 이르게 하는 직간접적인 원인이 된다니, 부모의 역할이 무척이나 크고 무겁게 느껴진다.

특수한 사례까지 가지 않더라도 나만 해도 그렇다. 아빠는 어쩌다 보니 잘 한 것보다 못 한 것을 보는 사람이었다. 유년 시절의 나는 못 해도 괜찮다는 말이 줄곧 듣고 싶었다. 서른을 넘긴 지금도 다른 이가 가벼이 건네는 응원이나 기대의 말이 부담스러워 사양하고 싶어지는 데엔 그러한 영향도 얼마간 있으리라.

예나 지금이나 아빠는 공감이나 위로, 칭찬 같은 것엔 서툴다. 부모를 일찍 여의고 어린 나이에 가장으로 내몰려 갖은 고생하며 살았기에 그럴 수밖에 없을 사정을, 자식이 잘되어 조금이라도 더 편히 살기를 바랐을 심정을, 다 커서 헤아린다.

어쨌거나 그럼에도 불구하고 나는 꽤 원만하게 사회생활을 하고 결혼생활도 한다. 주변을 봐도 그렇다. 아픔 여럿 겪고도, 슬픔 여럿 안고도 대부분 무난하게 성장해 살아간다.

흔하지 않은 경우라서 TV나 기사에 나오는 것이다. 그렇게 생각하면 또 '나라고 부모 노릇 못 할쏘냐' 싶어진다. 나는 남편에게 자못 진지하게 물었다.

"부모님이 우리를 세심하게 이끌어주신 것도, 성인군자나 대단한 교육자이셨던 것도 아니지만 자기나 나나 아주 엇나가지 않고, 이만하면 잘 자랐잖아. 그렇다면 우리도 아이를 그럭저럭 키울 수 있지 않을까?"

"글쎄, 그거야 모르지."

남편의 심드렁한 대꾸에 맥이 풀려 그만 웃어버렸다. 영화 <태풍이 지나가고> 속 철부지 아빠 료타는 이혼해 한 달에 한 번 아들을 만나는 신세가 되어서도 여전히 엉성하다. 잘해 보려 해도 일은 좀처럼 풀리지 않고, 제대로 하는 게 없다. 그런 그도 나름 좋은 구석이 있다. 무엇보다 아들을 사랑한다. 짐작건대, 료타의 아들도 나처럼 그럭저럭 잘 자랄 것이다.

부모라는 다른 부류의 사람이 있는 게 아니라 평범한 사람이 어느 날 부모가 된다. 완벽한 사람이 있을 수 없듯 완벽한 부모가 되는 건 애당초 불가능한 일이다. 우리가 될 수 있는 건 기껏해야 '사랑으로 노력하는 부모'인데, 나는 그 사랑이 어지간하면 자녀에게 가 닿는다고 믿는다. 나아가 인간은 그럭저럭 살아갈 수 있는 잠재력을 가지고 태어난다고. 이렇게 생각하면 퍽 안심이 된다. 영 터무니없는 생각은 아닐 것이다.

아빠는 그때도 지금도 무척 다정하시다. 집에 내려갈 때면 장성한 자식 조금이라도 더 빨리 보려고 일찌감치 골목 어귀에 나와 서성이시는 걸 알고 있다.

어느 날에 깨달음

상대에게
완벽한 사람이
되어야 한다고
생각해서

부모로 자식으로
나아가 배우자로
동료로 친구로
사는 일이
어려워지는
지도 몰라.

우리가 지금
완벽해서
좋은 게 아닌데.

거기서 뭘 그렇게
구시렁대는 거야?
으므긋드
아니야
...

아마도 내가 하는 일

강연까지 한 시간은 남은 시각. 객석 가장 뒷줄 구석에 자리 잡고 앉아 준비해온 발표 자료를 꺼내 들었다. 이번이 정말 마지막이라고, 좋은 기억으로 남을 수 있게 잘 마무리하자고 널뛰는 심정을 추슬러보는데, 아아, 검은 것은 글씨요 흰 것은 종이로다. 자료는 눈에 들어오지 않고 연신 입만 쩍쩍 벌어졌다. 극도의 긴장 상태에 처하면 나는 하품이 났다. 운동회 날 쪼그려 앉아 달리기 차례를 기다릴 때면 졸음을 쫓기 바빴다.

자가 출판을 하고 나서 우연히 소규모 강연을 해달라는 제안을 받았다. 안 해본 일은 재미있게만 보여서 도전. 하지만 대학 졸업과 함께 잊고 산 내 발표 울렁증이 건재함을 확인한 자리였다. 또래 책방 주인에게 "다시 하면 성을 갑니다"란 말도 했다. 그래놓고는 예닐곱 번을 더 한 게 나다.

하다 보면 나아질 거야, 다음엔 잘 하겠지, 돈도 주잖아. 하지만 웬걸, 똑같았다. 세상엔 극복할 수 없는 일이 있는지도 모른다. 극복하는 게 아니라 참을 따름인 것이다.

강연일이 몇 주 앞으로 다가오면 이 강연을 수락한 과거의 나를 향한 원망이 스멀스멀 피어오른다. 이 주 남으면서부터가 시작이다. 본격적으로 몸이 아프고(비염이 폭발하는 지경에 이른다), 사고가 정지한다. 아무것도 손에 안 잡힌다. 이 '아무것도'에는 강연 준비도 포함된다.

정신을 부여잡고 뭐라도 만들어가기는 하는데, 청중 앞에 나서는 순간, 그러니까 시선이 일제히 나를 향하는 순간 내 영혼은 나를 홀연히 떠나간다. 분명 입을 쉴 새 없이 움직이고 있건만 정작 무슨 말을 하는지 모른다. 내가 아닌 기분이다.

그러다 강연이 후반부를 향해 갈 무렵 한순간에 정신이 돌아온다. 머리가 쭈뼛 선다. '이것 참, 해볼 만하니 끝나가네.' 가만, 그런데 내가 무슨 말을 했더라. 이런 주제에 강연을 마치고 나면 무사히 지나갔다는 안도감이 나를 휘감는다. 심지어 해볼 만하다는 생각마저 은근히 든다. 마지막이라며 청중 앞에 서놓고는 이번이 진짜 마지막이라며 또 다른 강연 제안을 수락하는 덴 이런 사연이 있다.

그런데 이 과정을 거듭하며 몇 가지 깨달음을 얻었다. 하나는 내가 강연을 아주 망치진 않는다는 것이다. 못 해도 아량으로 넘어가줄 만큼의 못 함이라는 것. 청중이 항의를 하거나 주최 측에서 아쉬움을 표한 적, 아직 없었다. 항의를 할 정성을 보이기조차 싫어서일 수도 있지만, 아무튼.

다른 하나는 강연 좀 못해도 큰일이 일어나지 않는다는 사실이다. 단지 좀 창피하고 좀 머쓱하고…… 좀 그럴 뿐. 어떤 날엔 이 깨침을 얻는 행위를 반복한다는 생각이 든다. 못한다고 여기는 일, 그래서 두려워하는 일에 나를 던지고서 '못 해도 이 정도'라는 걸 재차 알려주는 중이라고.

죽기 살기로 노력해서 멋지게 극복해내는 사건은 드라마나 영화 속 주인공에게만 일어나는지도 모른다. 잘 하고 싶지만, 이번에는 잘 할 수 있을 것도 같지만, 막상 해보면 역시나 썩 잘 하지 못하고, 그저 했다는 사실에 흡족해하는 게 현실인지도. 드라마나 영화에서라면 극적인 재미가 없다고 관객에게서 처참히 외면당하겠지만 삶은 이렇게도 굴러간다. 잔잔하고 시시하게. 그리고 나는 잔잔하고 시시한 이야기를 더 좋아한다. 보다가 깜빡 졸기도 하는 그런 이야기를.

이번에도 준비한 내용의 반 이상을 후다닥 쏟아내고서야 평정심을 되찾았다. 청중은 도서관을 즐겨 이용하는 나이 지긋한 어르신들. 서른을 갓 넘긴 아이의 퇴사 얘기에도 기꺼이 귀를 기울여주신 덕분에 큰 탈 없이 마칠 수 있었다.

이후 말하기를 업으로 삼는 친구가 묘책을 알려주기를, 진행자를 두고 질문을 주고받는 형식으로 하면 부담이 줄어 덜 긴장될 거란다. 마지막 강연은 끝났는데 어째서 귀가 솔깃한 것일까.

TV 보는데요

산문집 『빛나는 말 가만한 생각』에서 읽기를, 소설가 김별아는 누군가 취미를 물어오면 오랫동안 '배우는 것 그 자체'라고 답했다고 한다. 공부할수록 모른단 사실을 확인하지만 새록새록 알아가는 일들이 재미있다고.

내 주변에도 그런 사람이 있다. 몇 달 전부터 한 달에 한 번 그림책을 읽고 얘기 나누는 모임에 참여하고 있는데 그 멤버 중 한 명이다. 이번 달 모임을 마치고 차 한잔하는 자리에서 그녀가 초롱초롱한 눈으로 고백했다.

"강의 듣는 게 취미예요."

올해로 예순한 살을 맞은 그녀는 도서관 사서로 퇴직 후에도 번역가, 작가, 심리상담사, 영화 일 등 여러 방면에서 왕성한 활동을 이어오고 있는데 삼십 대인 나보다 더 기운차다. 요즘은 중국어를 배운다고. 지적 호기심이 많은 사람은 늙지 않는지도 몰라, 생기 넘치는 그녀를 마주하곤 번뜩 그런 생각이 스쳤다. 모르는 걸 알아가는 데 흠뻑 빠져 나이 들 새가 없는 것이라고 말이다.

나도 뭐 배울 게 없나 하고 기웃거리는 편이다. 뚜렷한 목표나 계획, 특출한 재주도 없이 회사를 관뒀더니 누구라도 선생으로 두고 싶을 때가 왕왕 찾아온다. 서른 넘은 내 인생을 이끌어줄 선생은 없으므로 지식이나 기술, 경험이라도 알려줄 이를 찾는 것이려나.

아무튼 무얼 어떻게 해야 할지 막막할 땐 강좌나 강연 소식을 살피는 게 습관이 됐다. 최근엔 시나리오 기초 강의를 들었다. 어린이 애니메이션 작가로 활동하는 선생이 한 주에 네 시간씩 사 주간 진행하는 시나리오 개론 수업이었다.

고백하면, 지난 일 년여간 단편 만화를 그려보겠다고 고군분투했다. 그림으로 남겨보고 싶은 순간이 생겨, 만화의 'ㅁ' 자도 모르는 주제에 덤빈 것이다.

원래 아예 모르면 용감한 법. 예견된 일이겠지만 그리는 내내 좌절했고, 완성하고 나서는 무력감에 시달렸다. 그사이 드문드문 찾아왔던 일도 뚝 끊겼다. 이후 뭐라도 해볼 요량으로 소규모 공모전에 참여했지만 처참히 탈락. 할 수 있는 게 없다는 생각에 무엇도 하고 싶지 않은 날들이 이어졌다.

남편을 회사로 보내고나면 TV와 스마트폰만 봤다. 밤이면 이렇게 하루를 보낸 내가 한심하고 이정도 밖에 안 된다는 사실이 분해 울었다.

그러기를 몇 주, 혹은 몇 달. 우연히 이 시나리오 강좌를 발견했다. 만화를 시도해보며 이야기 쓰기에 관심이 움튼 참이었다. 강의를 들으려면 집에서 지하철 타고 꼬박 한 시간을 가야 했지만 시간이 남는 자에겐 아무런 상관이 없었다. 게다가 무료! 무슨 말이 더 필요할까. 이거라도 들어보자, 일단 집을 좀 나가보자는 생각으로 신청했다.

그런데 강좌를 듣는 한 달, 완전히 자취를 감춰버린 줄 알았던 의욕이 몸 안 깊숙한 곳에서 서서히 차올랐다. 급기야 시나리오를 제대로 공부해보고 싶어졌다. 내 주제에 감히 시나리오 공부라니. 이건 상상조차 해본 적 없었다.

또 다른 반가운 변화는 시간을 헛되이 쓴다는 생각 따위 무거운 코트 벗듯 벗어던지고 드라마와 영화, 예능 프로그램,

온라인 콘텐츠 등을 당당하게 시청하게 됐다는 점이다.

선생은 수업마다 강조했다.

"콘텐츠를 만드는 사람은 닥치는 대로 봐야 돼요. 드라마와 예능, 개그 프로그램, 영화, 소설, 만화, 웹툰 등 가리지 말고 다 보세요."

이 강의를 들은 후로 사람들이 요즘 뭐 하느냐 물어오면 태연하게 말한다.

"TV 보는데요."

나도 콘텐츠를 만들 거니까. 배움은 누구처럼 취미로 가져볼 만하다.

시간 사용법

평소보다 일찍 일어난 날
어슬렁
어슬렁
미리 아침을
준비하거나
일을 하지 않고
동네를 걸었다.

새벽의 동네는
이런 모습이구만~
공기도
달라.

시간을 보고
느끼는 기분.
시간은
꼭 무엇으로
채워야만 하는 게
아니구나

하암……
그런데 벌써
피곤한 느낌이
드는 건 왜지?

그때는 모르고 지금은 아는 것

스물여섯, 홍보대행사를 관두고 취업준비생으로 돌아왔지만 여전히 무얼 해야 할지 몰랐다. 졸업을 앞두고 어디든 취업부터 해야 한다며 되는 대로 이력서를 넣던 때와 다르지 않았다. 일 년을 따라잡으려면 여유 부릴 시간이 없었다. 만료된 영어능력시험 점수부터 서둘러 갱신하고 턱없이 모자란 스펙을 메워보려고 괜히 일본어능력시험을 치렀다. 그러고도 하반기 취업 시즌까지 시간이 있었다. 빈 시간. 나는 운전학원에 등록했다.

가고 싶은 회사나 하고 싶은 일이 분명히 있어 제대로 준비하는 사람이라면 이런 선택을 하지 않을 테지만, 우선 어디든 입사해 이전의 실패를 만회해야 한다는 마음이면 이런 선택도 하게 된다. 이거라도. 이거라도 따두면 좋겠지. 어처구니없는 생각을 어처구니없는지 모르고 한다.

'서울 운전면허학원'을 검색해 나온 곳 중 한 군데를 골라 전화를 하고 알려준 곳에서 셔틀버스를 기다렸다. 그런데 내 앞에 선 건 낡아빠진 은색 소형 봉고차. 어딘지 모르게 께름칙했지만 올라탔다.

뭔가 잘못되었다는 것을 알아차리기까진 오래 걸리지 않았다. 서울을 벗어나서도 탈탈탈 계속 달렸기 때문이다. 알고 보니 학원은 서울에서 한참 떨어진 곳, 경기도의 어느 외곽 지역에 자리해 있었다. 학원의 소재지를 대충 훑어본 결과였다.

이미 소심해질 때로 소심해진 터라 거기까지 가서 등록하지 않겠다는 말이 입에서 떨어지지 않았다. 그리하여 몇 주간 거의 왕복 네 시간씩 들여 학원에 다녔다. 집에서 셔틀버스 타는 곳까지의 거리도 만만치 않았다. 경비 절감을 위해서인지 셔틀버스를 드문드문 운행한 탓에 학원에 가면 기다리는

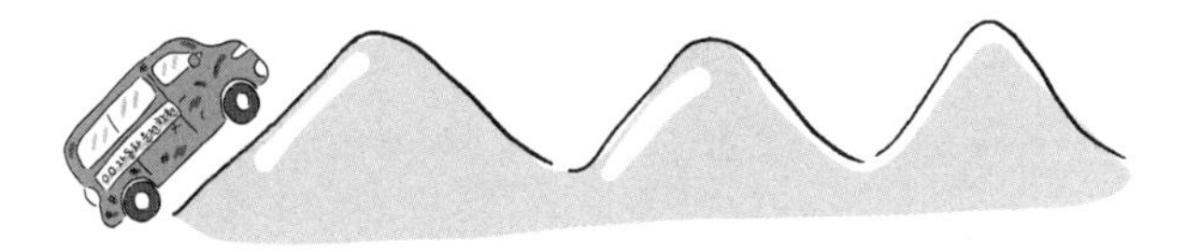

일이 나를 기다렸다. 내 차례가 오기를 멍하니 기다렸다.

수업이 끝나면 셔틀버스를 이용할 일정 인원이 모일 때까지 또 기다렸다. 대기실 의자에 앉아 자판기 커피나 뽑아 마시면서 시간이 나를 지나쳐가는 걸 바라보았다. 그것 말고 할 수 있는 게 없었다. 마치 내 신세 같았다.

'가야 하는 삶은 저기 있는 것 같은데, 누가 나를 데리고 가야만 건너갈 수 있다. 그러므로 여기서 잠자코 기다린다.' 그런 심정이었다.

그해 가을, 제일 먼저 취업 공고가 난 기업에 지원했고 운 좋게 바로 재취업에 성공했다. 그리고 얼마 안 가 그토록 바라던 저쪽 세계인 이곳이 또 다른 회사일 뿐이라는 걸 알았다. 저기만 가면 그게 뭔지는 모르지만 다 해결될 줄 알았는데 여기 와보니 아니었다. 여전히 내 삶이었다. 이걸 깨닫는데 두 번의 회사 경험이 필요했던 셈이다. 여기가 내 길이 아니고 누구나 직장인으로 살아야 하는 게 아니라는 사실도.

깨달음은 대개 일정한 시간이 지나고 경험이 어느 정도 쌓인 후에 찾아왔다. 그러고 보면 이십 대 때 무수한 실패를 거듭하는 중인 줄 알고 불안해한 것도, 어떤 결론이라도 빨리 내고 싶어 초조해한 것도 그땐 그럴 수밖에 없었을 테다.

무사히 삼십 대에 접어들고 보니 알겠다. 나는 경험을 하던 중이었고, 삶이란 생각보다 길다는 것을. 인디밴드 옥상달빛의 노래 가사처럼 '어디로 가는지 여기가 맞는지 어차피 우리는 모르지'만 그럼에도 불구하고 살아낸 세월이 쌓일 때 뭐라도 알게 되는 것이리라.

삼십 대를 지나 마흔 즈음에 다다르면 지금은 모르지만 그때는 아는 게 생겨 있을 것이다. 그러면 나는 그만큼 더 자유로워지겠지. 나이를 먹는다는 게 이럴 땐 마음에 든다.

그때 딴 운전면허증은 신분증 대용으로 유용하게 쓴다.

3장

더 행복하기 위해 오늘의 나에게 친절하기

알고 보면 단순한 일

배우자의 부모가 자신이나 부모를 무시하는 언행을 해 기분이 상했는데 과민 반응인지 모르겠다는 글을 온라인에서 심심치 않게 마주친다. 친구나 연인이 자신을 배려하지 않는 행동을 보여 실망했는데 이런 감정이 드는 게 정상인 건지 알고 싶다는 글 또한. 그러고 보니 사회 초년생 시절, 근무 시간 외에도 수시로 불러내는 상사에게 화가 난다며 친구가 내게 물었다.

"이런 내가 잘못된 걸까?"

사람들은 묻는다. 이렇게 느껴도 되는지를. 이렇게 느끼는 자신이 이상한 게 아닌지를.

가만 보자, 이 분야라면 나도 빠지지 않는다. 더 나아가 걸핏하면 그런 감정을 느끼는 나를 탓하기 일쑤다. 회식자리에서 술을 강권하는 문화에 불편함을 느낄 땐 불편해하는 내가 유난스러운 건지 의심하고, 가까운 이의 언행에 서운함을 느낄 땐 속이 좁다며 나를 책망하고, 상대의 말이 불쾌할 땐 나 자신에게 되묻는다.

'별 뜻 없이 한 말을 내가 악의로 받아들인 건가?'

얼마 전 대화 도중 지인이 "이렇게 힘들어하면 안 되는데" 울먹였을 때 "힘들어해도 돼요, 힘들만 하니 힘든 거죠" 말해주고서 알았다. 무언가 잘못되었음을.

내 마음에도 마음이 있다면 "왜 나한텐 공감해주지 않는 거야?" 팩 토라졌을 게 분명하다. 내 마음이 힘들어할 때마다 힘들어할 상황이 아닌데 대체 나는 왜 이 모양인가, 억누르고 한탄하기 바빴으니까.

그러고 보니 정말 이상하다. '이렇게 느껴야지' 하고 느끼는 게 아닌 것이다. 의도하지 않고 저절로 일어나는 감정을 두고 타당성을 논할 수 있는 걸까. 미처 생각할 겨를도 없이 나라는 개체가 그렇게 느낀다는데.

다른 사람이라면 다르게 느낄 수 있겠으나 그 상황에서 이렇게 느끼는 게 나라고 받아들이는 게 자연스럽다. 내겐 그럴 만한 상황인 거고, 그런 감정이 들 만해서 든다고 말이다.

결국 내가 느끼는 감정을 부정하는 건 나를 부정하는 것이나 다름없을 터. 내가 그리도 자주 쓸쓸해졌던 이유가 여기에 있었다.

저마다 각자의 방식으로 상황을 인지하고 감응하기에 상대는 내 감정에 공감하지 못하고 나아가 과민 반응으로 여길 수 있다. 하지만 그럴 때라도 그건 어디까지나 그의 입장에 지나지 않음을 기억해야 하리라. 엄밀히 말해 내가 이렇게 느끼는 데에 다른 사람의 동의나 허락은 필요치 않다.

내 감정은 타당성을 가리려 들거나 가치 판단을 해야 할 대상이 아니라 '슬프구나, 속상하구나, 기분이 나쁘구나' 알아주어야 하는 것. 슬프면 슬픈 거고, 속상하면 속상한 거고, 기분이 나쁘면 기분이 나쁜 거다. 슬프면 슬퍼하고, 속상하면 속상해하고, 기분이 나쁘면 기분 나빠하면 된다. 쉬운 일이다. 그런데 때로 쉬운 일이 가장 어렵다.

안 맞는 사람

저는 예민한데요

어느 소모임에서의 일이다. 처음 보는 이에게 성격을 설명하려다 얼결에 "저는 되게 예민한데요" 쭈뼛대며 말하고선 당황한 적이 있다. 나중에 알게 되더라도 실망하지 말라는 의미였을까.

당신이 보기엔 별것 아닌 일로 마음 쓰는 나를 향해 엄마는 어쩌다 저렇게 예민해졌는지 모르겠다며 몇 번인가 고개를 저으셨다. 특정 상황에 부닥치면 쉬이 스트레스를 받는 나를 두고 남편은 자신이 아는 사람 중 가장 예민한 것 같다고 말하기도 했다. 안타까워 한 말이겠으나 가장 친밀한 이들마저 내가 자처해서 생긴 결함인 양 핀잔을 주는 것 같아 어떤 날엔 서러웠다.

'나라고 이러고 싶어 이러냐고요. 가장 답답한 사람은 접니다.'

아무튼 자타 공인 예민한 사람으로 사는 중이다. 예민하기만 한가, 소심하고 내성적이고 또.

최근 중고 서점을 기웃거리다 책 『타인보다 더 민감한 사람(The Highly Sensitive Person)』을 운명처럼 만났다. 내 손에 들어온 건 2014년도에 찍은 9쇄 본. 저자는 심리학계에서 최초로 '민감함'이라는 문제를 제기했단다. 스스로를 타인보다 더 민감한 사람이라고 밝히는 이 미국의 심리학자가 다년간 연구한 결과는 이렇다. 타고나길 더 민감한 사람이 있다는 것.

저자는 그런 사람을 "다른 사람은 알아채지 못하는 미세한 부분을 잘 포착하고, 자극을 더 크게 느끼며, 그로 인해 영향을 많이 받는다"고 설명한다. 이 심리학자가 "그럼에도 불구하고 주변의 핍박으로 스스로 문제가 있다고 여기고 자신을 책망해오지 않았느냐"며 상냥하게 말을 건넬 땐 이미 내 인생 책이 되어 있었다. 이어지는 주옥같은 조언을 나누자면 이렇다.

단지 개인의 다양한 특성 중 하나일 뿐이니 맞춰 살면 된다고, 단점으로만 치부해버려 보지 못한 민감성의 장점은 또 얼마나 많으냐고.

자라면서 어떤 기질은 더 발현되기도 하고, 때로는 옅어지기도 하겠지만 누구나 장단점을 고루 가지고 태어난다. 몰라서 그렇지 갖다버리고 싶은 구석은 다른 사람에게도 있다. 타인 역시 유독 어려워하거나 불편해하거나 힘들어하는 걸 가지고 사는 것이다.

어디 가서 대뜸 약점부터 털어놓던 나는 내게만 단점이 있는 것처럼, 혹은 내게 단점만 있는 것처럼, 어쩌면 단점이 있어서는 안 될 것처럼 굴었던 거겠다.

작가 이로는 지난해 초 문화공간 '숨도'에서 열린 강연에서 이렇게 고백했다.

"집중력이 부족해 장편소설을 못 읽습니다. 그래서 단편소설을 읽습니다."

장편소설을 읽기 위해 노력했다는 얘기를 들려줄 거라는 예상을 비껴간 전개였다. 뒤이어 체력이 약해 거절을 잘 하게 된 건지도 모른다며 웃을 땐 마음에 번개라도 친 것 같았다. 봄비가 내리던 저녁이었다. 하기는 이날 강연 주제가 '산만한 사람이 산만하게 일하는 방법'이었으니 뭐, 말 다 했지.

이제 알겠다. 여러 특성을 지닌 이대로가 나이고 그게 내 개성임을. 사는 동안 단점이라 여기는 특성을 모조리 고쳐 완전무결한 사람이라도 되어야 하는 게 아님을.

소음에 민감해 조용한 동네에 터를 잡고 지내며, 스트레스를 받자 고민 끝에 학장직을 내려놓았다는 『타인보다 더 민감한 사람』 속 찰스의 얘기에 시선이 오래 머무른 건 우연이 아닐 것이다.

아쉬운 점을 힘써 극복할 때 더 나은 사람이 되기도 하는 거겠지만 그보다 나에게 맞추고 나를 배려하며 사는 일이 더 끌린다. 유독 어려워하거나 불편해하거나 힘들어하는 건 할 수 있다면 피해가도 좋으리라. 불가피하다면 어려워하고 불편해하고 힘들어하는 나를 이해해주기로 하고. 그리하여 해를 거듭할수록 나로 사는 일이 더 편해진다면. 그건 내가 상상할 수 있는 최선의 삶이다.

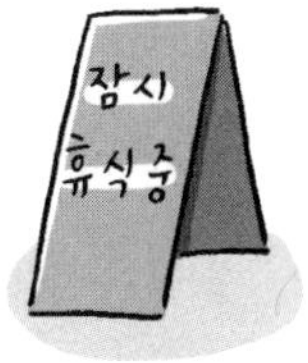

어쩌면 내가 기다리는 순간

누군가 결혼식이 어떠했느냐고 물으면 나는 망설임 없이 이렇게 답한다.

"엉망진창이었는데, 즐거웠어요."

늦가을, 자그마한 주택 예식장에서 결혼했다. 해가 들어 제법 따뜻한 날이었다. 양가 부모님의 화촉 점화와 성혼선언문 낭독, 축사가 어수선하지만 정다운 분위기 속에서 이어졌고 이제 남편과 내 차례였다. 예식 도우미가 주는 혼인서약서를 받아 펼쳤는데, 세상에. 다급히 남편에게 속삭였다.

"왜 이거 출력했어? 이거 아니야."

수정을 거듭하느라 예식장에 전달할 기한을 놓치는 바람에 식 전날 남편에게 출력을 부탁했는데, 알고 보니 내가 다른 파일을 건넨 거였다. 눈앞에 있는 건 '눈뜰 때부터 잠들기 전까지 웃게 해주겠습니다!' 같은 내용으로 채워진 남편이 쓴 초고.

귀엽지만 지킬 생각이 없는 약속은 평소에 하는 거로 충분했다. 나는 두고두고 지침으로 삼을 다짐을 쓰고 싶었다. 결혼식을 이틀 앞두고까지 계속된 철야에도 자는 시간 줄여가며 아예 새로 썼거늘, 암담했다. 사회자도, 하객도 무슨 영문인지 몰라 숨죽여 우릴 바라보는 가운데, 남편이 마이크에 대고 멋쩍은 듯 말했다.

"…… 최종본이 아니래요."

와하하하. 객석에서 경쾌한 웃음소리가 동시에 터져 나왔다. 이 상황이 우스워 남편과 나도 한바탕 웃었다. 혼인서약서를 읽는 내내 자꾸 웃음이 나와 혼쭐이 났다.

시련은 계속됐다. 남편과 내가 축가 첫 소절을 부르기 시작하자 크지 않은 공간이 다시 한번 웃음소리로 들썩인 것이다. 〈10월의 어느 멋진 날에〉가 이토록 음이 높은 노래였던가. 노래방 갈 시간이 나지 않아 집에서 노래 틀어놓고 짬짬이 입을 맞췄는데, 마치 처음 듣는 것처럼 낯설었다. 힘주어 부르느라 남편의 허리는 점점 뒤로 꺾여가고, 나는 쑥스러워 새우처럼 몸이 굽어갔다.

가관이었으리라. 웃으랴 노래하랴 얼굴은 벌겋게 달아올라서는 용을 써댔으니 말이다. 이 광경을 놓칠세라 휴대전화를 꺼내 영상을 찍는 소리가 여기저기서 띠링, 띠링 울려댔다.

뒤이어 사람들의 축하 속에 발맞춰 식장을 걷고, 옹기종기 모여 사진을 찍고, 둥근 식탁에 둘러앉아 식사를 하고 인사를 나누긴 나눴는데, 어떻게 흘러갔는지 도통 기억나지 않는다. 정신을 차리고 보니 꿈을 꾼 듯 끝나 있었다.

몇 달 동안 내가 얼마나 안달복달하며 준비했는지 남편은 안다. 식장 꽃장식과 액자, 축의금 접수 책상과 하객 동선, 식사와 비치해둘 간식거리 등 일일이 세심하게 주의를 기울였다. 오만 가지 자료를 찾아보고, 업체에 요청할 거리를 고민하고, 몇 안 되는 후기를 읽고 또 읽으며 혹여 이상하게 해주지 않을까 걱정하느라 잠도 설쳤다.

하필 식과 일 마감이 맞물려 여간 스트레스가 아니었다. 프리랜서로서 맡은 첫 일이었다. 그리고 결혼식 당일, 허망하리만큼 원하는 대로 된 게 전무했다. 꽃 색과 조합, 액자 배치부터 식장 앞 안내판까지 이루 다 열거할 수 없을 만큼. 여기에 더해 혼인서약서와 축가까지. 그런데 정말 알 수가 없다. 그러거나 말거나 나는 결혼식 내내 아주 즐거웠던 거다.

몇 주 뒤 사진을 받았는데, 잇몸 훤히 드러내놓고 볼썽사납게 웃은 사진이 태반이라 앨범에 넣을 사진 고르기가 힘겨울 정도였다.

파스텔 톤의 은은한 꽃과 초록 식물이 자연스럽게 어우러지면 좋겠다는 요청이 짙은 보라색, 자줏빛 꽃무리로 바뀌어 있어도 꽃은 꽃이라 예뻤다. 천장에 달린 하얀색 천에 약간 얼룩이 져 있어도, 웨딩 아치에 시든 수국 한 송이 섞여 있어도 누구도 그런 것까지 눈여겨보지 않았다. 액자가 잘못 놓여 있어도 나만 알지 아무도 모른다. 설사 알아차렸다 할지라도 대수롭지 않게 넘겼으리라.

혼인서약서와 축가 실수는 오히려 유쾌한 이벤트가 되었다. 축하해주러 먼 걸음 한 친척과 부모님 지인 모두 축제 같아 좋았노라고 입을 모았다. 친구들은 여태 짓궂게 놀려대면서도 엄지를 척 올리는 것을 잊지 않는다.

안 그러려고 해도 어느새 어깨에 힘이 바짝 들어가 버리고 마는 나 같은 사람에게는 이런 사건이 종종 필요하다. '거봐, 아무려나 즐겁잖아' 팽팽한 긴장의 끈이 탁, 풀어지는 순간. 때로는 이런 순간을 손꼽아 기다리는 것 같다는 생각이 든다.

주말엔 경마공원

주말이면 '경마공원에 갈까?' 눈을 반짝인 적이 있다. 우중충한 색의 두꺼운 외투를 입은 거대한 무리와 우르르 경마공원을 빠져나왔던 기억이 나는 거로 보아 때는 겨울이었다. 오래전 연인과 할 만한 것을 찾다가 누군가의 '이색 데이트' 후기를 보고 "그렇다면" 하고 발을 들인 것이다.

한국마사회에서는 도박 이미지를 탈피하기 위해 일찍이 (2014년) '렛츠 런 파크'라고 이름까지 바꾸었으나, 경마공원역으로 향하는 동안 마치 해서는 안 될 짓을 몰래 하러 가는 것처럼 묘하게 들떠 시시덕댔던 게 생각난다.

역 개찰구를 빠져나오자마자 우리를 반기던 판매상에서 얼떨결에 경마예상지를 구매한 것도. 이름이 <에이스 경마>

였던가. 검은색 사인펜 한 자루를 덤으로 받았던 것만은 분명하다.

젊은 고객을 위한 공간이 따로 마련되어 있고, 한 사람당 배팅할 수 있는 최고 금액이 제한돼 있었다. 시간대별 교육도 실시됐다. 공간은 쾌적했고, 비교적 한적했고, 알록달록했다. 직원은 교육 말미에 건전한 레포츠로서 즐겨달라고 당부했지만, 큰돈을 딸지도 모른다는 기대에 시험공부 하듯 예상지에 얼굴을 파묻던 우리가 떠오른다. 아무리 예상지를 들여다본들 전혀 예상이 되지 않아 '찍기'로 귀결됐지만 말이다. 그마저 겨우 오백 원, 천 원씩 베팅.

그러거나 말거나 마지막 구간을 앞두고 갑자기 속력을 내며 엎치락뒤치락하는 말들을 보노라면 꽉 말아 쥔 손이 뜨거워졌다. 두그닥두그닥 커져 오는 말발굽 소리, 부옇게 피어오르는 흙먼지에 관중석의 응원 소리까지 더해져 얼마나 박진감 넘치던지, 이색 데이트 후기를 쓸 만하다고 수긍했다.

여담인데, 호기심에 일반 구역에 들어갔다가 차원이 다른 함성에 겁먹고 슬금슬금 빠져나오기도 했다. 그러고 나서 흥분과 아쉬움이 쉬이 사그라지지 않아 결국 연달아 두어 번이나 더 찾아갔다. 그래봤자 둘이서 삼 만 원이나 썼나.

해보니 경마는 여러 번 해도 필승 노하우 같은 게 생길 리 없는 세계였다. 몇 번을 해도 제로베이스라니, 허무하기 짝이 없었다. 게다가 결과가 철저히 다른 사람에 의해 좌우된다.

우리나라 경마 역사상 최초로 2,000승을 달성한 박태종 기수가 어느 인터뷰에서 털어놓길, 경마는 마칠기삼(馬七技三)이나 다름없단다. 제아무리 노련한 기수라도 성패는 말의 기량과 컨디션에 좌우된다는 얘기다.

하물며 사람도 아닌 말에 달렸다니, 고개를 가로저으며 경마공원을 떠나는 수밖에. 차라리 내 세계에서 승부를 거는 게 나았다. 노력하면 요령이라도 쌓이고, 들인 노력이 온전히는 아니더라도 경마보다는 더 발현될 테니까.

이런 상황에도 경마가 재미있는 건 돈을 걸면서 그만한 기대도 걸기 때문인 것 같다. 하다 보면 한 번은 돈을 딸 수 있으리라는 기대감에 경마공원을 떠나지 못하는 것이다.

이 원리를 경마공원 밖의 세상에 적용해보면 어떨까. 언젠가는 성적이 오를 거라 기대하면 공부를 계속할 수 있다. 티나진 않아도 실력이 늘고 있다고 믿으면 오늘도 컴퓨터를 켜고 습작을 이어갈 수 있다. 건강해질 거란 희망을 품으면 쓴 약도 꾸준히 삼켜보게 된다.

정말 그럴까? 기대를 거는 덴 돈이 들지 않으니 밑져야 본전이다.

비염에 좋다는 따끈한 작두콩차를 후후 불어 마시며 이 글을 썼다. 증상이 완화되는지는 모르겠으나 마시는 동안엔 그런 기분이 든다.

그런 날도 있지

그럼에도 불구하고
○○편의점

즉석복권
한 장 주세요~

운에 기대고 싶은
날도 있지.

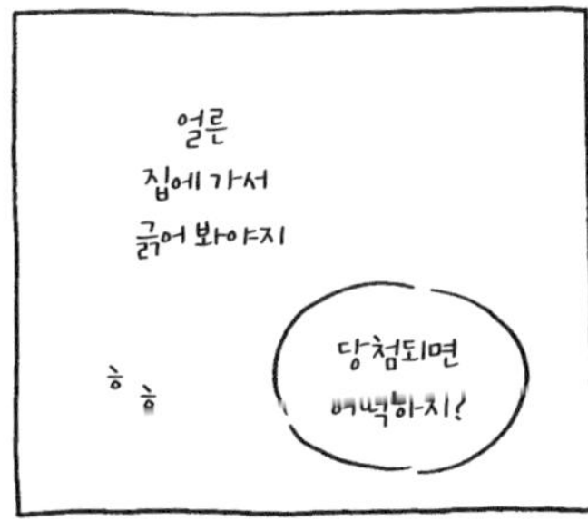
얼른
집에 가서
긁어 봐야지
ㅎ ㅎ
당첨되면
뭐하지?

우리가 만나서 하는 일

부모님이 다녀가셨다. 내가 타지에 나와 살기 시작한 후로 생일 챙기기는 엄마의 오랜 낙이다. 마침 남편과 동생의 태어난 날이 같고, 나와 이틀 간격이라 몇 년 전부턴 세 명의 생일을 한 번에 챙기신다. 동생이 서울에 산 지도 어느덧 삼 년째다.

두 분은 시간 뺏기 싫다며 토요일 오후 느지막이 올라와서는 일요일 이른 저녁 기차에 오르셨다. 한집에 모여 우리가 한 일이란 내가 준비한 저녁을 먹고 같이 케이크를 사 와 초를 끄고, 한데 모여 부모님이 즐겨 시청하시는 드라마를 보다가 이어 예능 프로그램 재방송을 본 것.

다음 날엔 엄마가 차린 아침을 먹고, 재방송해주는 또 다른 예능 프로그램을 보고, 남동생이 합류해 외식을 하고 서울역으로 향한 일. 이게 전부다. 얘기라고 하면 밥 먹으며 밥 얘기, TV 보며 TV 얘기, 살이 쪘네 안 쪘네, 아픈 데가 있네 없네, 일이 바쁘네 한가하네 정도겠다. 어쩐지 웃음이 났다. 내가 본가에 내려가도 다르지 않은 것이다.

우리는 같이 있는 행위를 하는 걸까.

지난 추석, 우리 부부와 아버님이 시누이네에 방문했을 때의 모습이 겹친다. 밥 먹고, 과일 먹고, TV 보며 밥 얘기, 과일 얘기, TV 얘기. 그마저 아무런 말도 없이 TV만 보던 시간이 길었고, 남편은 낮잠을 잤다. 아버님은 돌도 안 된 어린 손자를 돌보는 딸에게 육아 방식에 대해 잔소리를 하다 도리어 핀잔을 듣기도 했지만 대체로 평화로웠다.

친구를 몇 달 만에 만난 일도 잇따라 떠오른다. 한집에 살 땐 붙어 지내다시피 했지만 하는 일이 달라지고 결혼해 사는 곳이 멀어지면서 일 년에 많으면 서너 번 보는 사이가 된 친구다. 밥을 먹고 차를 마시며 그간의 근황을 두서없이 주고받았다. 헤어지고서 만남 자체가 우리가 한 일이었음을 알았다.

대화가 얼마나 잘 통하는지, 마음을 얼마나 소상히 나누는지는 그리 중요하지 않았던 거다. 우리가 좋아한다는 것, 서로의 안녕을 바란다는 것, 지금 이렇게 시간을 내어 함께 있다는 것으로 위안 삼을 수 있게 된 걸까.

그러고 보니 미묘하게 어긋나는 대화를 붙잡지 않고 흘려보내는 일이 전보다 수월해졌다. 감정과 생각을 더 긴밀히 나누고 싶어 애를 쓸수록 너와 내가 같을 수 없다는 사실을 선명히 마주해야 했던 숱한 경험이, 완전한 공감과 이해를 바랄 때면 걷잡을 수 없이 고독해졌던 겹겹의 기억이 우리를 이리로 이끌었을 터.

아쉽지만 어쩔 수 없는 것으로 남겨둬야 하는 게 있지, 어느 정도 수긍하게 되었다는 사실이 나를 슬프게도 기쁘게도 한다.

잘 알지도 못하면서

어릴 적 집에 오면
TV만 보는 아빠가 안쓰러웠다.
돈이 없어 다른 취미를
못 가지는 거 같아서.
자기,
드라마 시작한다~

그런데 TV가 이토록 재밌는 것이었다니.
여기가 아닌
TV 너머
다른 세상을
멍하니
보는 시간

이때만은 하루가 어떠했든
다 잊고 웃을 수 있다.
으
핫
핫
하
이게
그렇게
웃기다고...?

어쩌면 아빠도
그때나마 당신 인생 내려놓고
쉬고 싶으셨을 거야.
그럼~
그걸 이제 알았어?

쓸모의 크기

살금살금 다가가 보니 남편은 노트북 화면에 들어가기라도 할 듯 목을 쭉 빼고 열중해 있다. 평소 즐겨 하는 게임 '풋볼 매니저'를 하는 중이다. 엄밀히 말하면 게임 속 축구 선수의 사진을 바꾸는 데 몰두하고 있다. 게임보다 더 골몰하는 게 아닐까 싶은 게 바로 이 행위다.

일련의 과정은 이렇다. 선수의 이름을 구글링하여 마음에 드는 사진을 고르고 저장한다. 포토샵을 켜 알맞은 크기로 자르고 때로 배경을 지우는 수고로움을 감수한다. 그런 다음 게임 속 선수 프로필 란에 그 이미지를 등록한다.

애석하게도 축구 경기가 진행될 때 남편이 등록한 선수 이미지는 화면에 보이지 않는다. 다른 사용자와 경기를 하는 것도 아니라서 누구도 이 남자가 등록한 선수의 프로필 사진을 볼 일 없다. 오직 자신만 보는 것이다. 이걸 정성 들여 한다.

"그거 왜 하는 거야?"

한 날 남편에게 물었더니 남편은 멋쩍은 듯 조금은 새침하게 대꾸했다.

"그냥 하는 거야."

어차피 말해도 모를 거라는 듯이, 마치 나는 몰라도 된다는 듯이.

기숙사에 살던 시절, 룸메이트 언니는 내가 책상에 고개를 파묻고 종이를 오리고 붙이고 있을 때면 가까이 다가와 구경하곤 했다. 놀러 온 친구에게 '쟤 좀 보라'며 나를 가리킨 적도 있다. 언젠가 언니는 내게 넌지시 물었다.

"그거 해서 뭐하게? 팔게?"

"아뇨, 그냥 하는 거예요."

룸메이트 언니는 이상한 애라며 웃었다. 그러고 보니 엽서를 만드는 이유나 목적을 생각해본 적 없었다. 무언가를 좋아할 때 나 자신에게 설명할 필요는 없는 것이다. 좋으면 좋은 거니까. 타인에게 설명해줄 길 없고 납득시킬 수도 없거니와 실은 그럴 마음도 들지 않는다.

말이 나온 김에 이유를 찾아보자면 종이의 어여쁜 색, ('머메이드지'의) 오돌토돌한 촉감, 칼로 자를 때 느껴지는 종이의 두께, 종이 위에 종이를 붙였을 때 생기는 양감 등이 좋다고 할까. 아니다, 이런 이유가 아니다. 좋아하는 이유는 '그냥'에 맡겨두는 편이 낫다.

한때 맑은 날이면 중고로 산 묵직한 수동 카메라 목에 걸고 서울역 인근 연세 세브란스 빌딩을 찾았다. 그런 날은 전면이 유리로 된 고층 빌딩이 더없이 아름다운 까닭이다. 건물 외벽 위로 반짝반짝 윤슬이 인다. 그곳을 시작으로 남대문까지, 거기서 시청으로 또는 명동으로, 광화문으로 종로로 정처 없이 걸어 다녔다.

일몰이 다가오면 태양은 남은 빛을 다 털어

내듯 빛나는데 그즈음에 이르면 카메라에 눈을 가져다 대느라 한 발짝 내딛기도 어려웠다.

그거 해서 무엇 하느냐고 누군가 물음표를 띄웠더라면 해줄 말이 궁색해 우물쭈물하고 말았으리라. 겨우 고른다는 말이 "그냥 하는 건데요"였을 테지. 그것 해서 다른 무엇을 하려는 게 아니고 그저 거기서 그렇게 그 시간을 보내는 것이었으니까.

어떤 때엔 쓸모의 크기가 그리 클 필요가 없다는 생각이 든다. 나만 아는 1인용의 쓸모. 그거면 되는 시간도 있는 것이다.

이토록 한심한 취미

눈을 뜨자마자 제일 먼저 하는 일이란 밤사이 좋아하는 가수의 새 소식이 나왔을까 스마트폰을 켜고 훑는 일이다. 지지난해(2017년) 아이돌을 뽑는 서바이벌 프로그램을 보다 관심이 생긴 게 여태 이어지고 있다. 이 나이에 나보다 열 살 어린 가수의 사진을 저장하며 흐뭇해하다니. "야~이 야~ 야~ 내 나이가 어때서 사랑하기 딱 좋은 나인데~" 이 노랫말이 범국민적 인기를 얻은 지 오래여도 쑥스러운 건 쑥스럽다.

좋아하면 세계가 확장된다고 하던가. 관심 있는 가수를 보기 위해 평일 저녁에 하는 음악 프로그램까지 시청하게 되면서 다른 가수들까지 줄줄이 알게 됐다. 최신 가요를 다 꿰게 된 건 당연지사. 어느 날 버스를 기다리던 중 인근 가게에서 흘러나오는 요즘 노래에 몸을 흔들다 이런 내가 우스워 깔깔 웃은 적도 있다. 차에서 누가 나를 봤다면 혀를 끌끌 찼을 테지만.

모니터 너머로 만나는 아이돌은 누구나 밝고 기운이 넘쳤다. 재능이 있으면서 더 잘하기 위한 노력 역시 게을리하지 않았다. 외모도 매력적이어서 그들을 보노라면 한달음에 기분이 좋아지는 일도 부지기수. 열심히 살아보자고 의지를 다지게 되는 날도 있었다.

덩달아 알게 된 세상이 있다. 포털 사이트에서 사진을 검색하다 우연히 팬 커뮤니티를 접한 것이다. 한 사람의 꿈을 이뤄주고 싶다는 열망으로 이렇게 열성적이라니, 이런 자세면 뭐라도 할 사람들이라고 진심으로 놀랐다. 아니, 이미 그 열정을 쏟아 한 사람을 열렬히 좋아하고 응원하면서 끈끈한 연대를 이루고 있었다. 애정을 증폭시키고, 저들만의 놀이를 만들고, 격려와 위로를 나누고, 힘을 합쳐 투표하고, 기부를 하면서.

나는 어디 가서 "팬이에요" 밝힐 수 있을 만큼 열성적으로 팬 활동을 하지 않는다. 그저 아이돌과 팬이 뿜어내는 기운의 부스러기를 줍는 수준이다. 아무렴 어떠하랴. 취미생활에도 '할 거면 제대로 하거나 아니면 말아야지' 같은 팍팍한 잣대를 들이대고 싶지 않다. 그런 태도는 일을 할 때나, 일을 할 때도 그렇게 빡빡해서는 숨이 막히리라. 내가 좋은 만큼의 좋음이면 된다.

한날, 최인철 교수의 『굿 라이프』를 읽다가 흥미로운 사실을 발견했다. 심리학에서는 행복한 감정을 측정하기 위해 PANAS(Positive And Negative Affect Schedule)라는 도구를 빈번하게 사용한다고 한다. 일정 기간 동안 한 사람이 경험한 긍정 감정과 부정 감정의 정도를 재는 것인데 이때 측정하는 열 가지 긍정 감정 중 하나가 '관심 있는'이라고.

책에 따르면 '나는 행복한가?'라는 질문은 '나는 무언가에 관심이 있는가?'라는 물음과 같다. 즉, 대상이 무엇이든 관심을 두는 동안 우리는 행복한 상태인 거다. 아이돌이든 자녀이든 연인이든 책이든 식물이든 뭐든 간에 말이다.

사는 동안 행복한 시간을 자주 만드는 것. 가끔은 이게 사는 일의 전부라는 생각이 든다.

잠깐, 오늘 유튜브 콘텐츠가 올라오는 날이던가.

무서운 꿈

* 현재 서른네 살입니다.

어떤 크리스마스

빨리 어른이 되고 싶었던 이유 중에는 크리스마스를 향한 동경도 있었다. 먼 친척이 절을 운영하는 집에선 크리스마스란 단지 쉬는 날에 불과하다. 평소와 다름없는 집에서 특식으로 치킨이나 피자를 맛볼 수 있는 것에 감사해야 했다.

트리와 그 위로 점멸하는 전구, 리본이 묶인 선물 상자, 근사하게 꾸며진 테이블 위엔 케이크와 먹어본 적 없는 요리 같은 것으로 가득한 크리스마스를 꿈꾸며 자랐다. TV와 잡지에서 보아오던, 아무튼 지금 내가 보내는 것과는 분명히 다른 그런 크리스마스를.

하지만 성인이 되어서도 사정은 별반 달라지지 않았다. 학교 근처 허름한 호프집에서 여느 때처럼 친구와 치킨을 먹거나 자취방에서 피자를 먹거나. 그래도 다소 촌스러운 트리와 눈사람 인형, 알전구는 원 없이 봤다. 학교 정문까지 오 분도 안 걸리는 곳에 살았더니 연말이 다가오면 어느 가게나 할 것 없이 맹렬하게 크리스마스 기분을 냈던 덕분에.

어떤 곳은 일 년 내내 크리스마스 장식을 해두기도 했는데 '열두 달 뒤면, 다음 계절이면, 며칠 후면 크리스마스니까'라며 일 년 내내 뗄 시기를 놓쳤을지도 모를 사장의 사정을 실없이 상상해보고는 했다.

그러던 어느 연말, 다정한 친구가 소개팅을 주선해주었다. 제아무리 옷을 덧입어도 한기가 품속을 파고들 땐 마음의 온도라도 높여볼까 싶어지기 마련이니까. 이번엔 크리스마스다운 크리스마스를 보낼 수 있을지도 몰랐다.

아마 두 번째인가 세 번째 만남, 잘 알지는 못 하지만 영 싫지는 않고 괜찮은 사람일지도 모르는 남자와 크리스마스 날 시청 부근에서 만나 명동까지 걸었다. 그리고 명동의 골목 구석구석을 누볐다. 스파게티 같은 걸 먹었던 것도 같은데 정확하지 않다. 부담스럽지 않을 만한 선물도 주고받았었나.

이 역시 희미하다. 다만 거리엔 커다란 트리가 곳곳에 있었고 불빛이 여기저기서 반짝였고, 캐럴이 흘러나왔고, 상점의 점원들은 가게 앞에 나와 선물 꾸러미를 팔았던 것만은 똑똑히 기억한다.

대체 이 거리에 뭐가 있기에 이토록 많은 이들이 쏟아져 나왔는지 알 수 없었지만, 하여튼 사람들이 너무 많아 가고 싶은 곳으로 가지 못하고 걷고 또 걸어야 했다는 사실도.

그때 나는 의아해했다. 그렇게 떠밀려 다니며 마주친 사람들이 들떠 보였던 까닭이다. 얼핏 봐도 즐거워 보였다. 나는 속으로 '이게 뭐야' 중얼거렸다. 내가 고대하던 크리스마스란 것이 고작 이것이었나. 그날, 크리스마스란 그런 것이라는 걸 알았다. 별것 없다는 것. 있다면 별것이라 여기고 즐기는 사람들뿐이라는 것.

이후로 수많은 크리스마스를 지나왔다. 홀로 곡성으로 여행을 갔다가 버스를 놓쳐 청소년 수련관에 누워 잠을 청하기도 했고, 주방이 하도 좁아 뭐라도 해 먹으려면 화장실 앞에서 조리하는 것과 다름없던 집에서 커다란 덩치 구기고 앉아 나를 위해 샌드위치를 만들던 애인의 모습을 최대한 맛있게 먹어주리라 다짐하며 바라보기도 했으며(그 애인과 지금 한집에 산다), 남편이 여름휴가 못 간 대신 받은 휴가가 공교롭게도 12월 25일과 겹쳐 제주도에서 크리스마스 핑계 삼아 케이크를 퍼먹기도 했다.

겪어보니 종교인이 아닌 내겐 분위기에 어울려 약간 기분을 내보는 연말 하루면 족했다. 사랑하는 이와 함께라면 더욱더 좋고. 살면서 대단한 무언가가 있으리라고 기대한 것들은 다 이런 식이었다. 내가 바라던 게 실은 내가 바라던 게 아니었다는 것. 대단한 무엇이 필요치 않았다는 것.

다가오는 크리스마스엔 간만에 미트볼을 만들어볼까. 조리가 간편하면서 분위기 내기에 이만한 요리가 없다. 손목이 약해 충분히 치대는 데엔 늘 실패하지만 적당히 치대어 먹어도 고기는 언제나 합격이니까. 그런 다음 그즈음 상영하는 영화를 보거나, 궁금했지만 먼 길 가기 번거로워 미뤄둔 카페에 가거나, 아니면 그저 거리를 거닐어도 좋을 것이다. 눈이 나풀나풀 나리면 더 좋을 테지. 눈을 본지 오래되었다.

오늘의 좋음을 모아 내일을 삽니다

우리가 선택하는 데 걸리는 시간

어째서인지 모르겠지만 아이를 갖는 일에 대해선 생각을 하지 않은 채 결혼했다. 결혼 소식을 전할 때 주변으로부터 "그래서 아이는 언제 가질 것이냐"는 말을 듣고서야 아차, 싶었다.

잠자코 계시던 양가 부모는 결혼을 하자마자 달라졌다. 초반엔 은근히 물어보기만 하더니 이젠 대놓고 채근하신다. 누구나 자기 숟가락은 가지고 태어난다는 말과 낳아놓으면 다 알아서 큰다는 말은 몇 번을 들어도 정이 가지 않는다.

아기는 이제부터 생각해볼 계획이라고 말하면 다들 짜기라도 한 것처럼 "그래, 신혼은 즐기고 가져야지" 말하는 게 탐탁지 않던 시절이 있었다. 결혼은 부모가 되기 위해서 하는 거라고 말하는 것만 같아서. 여태 살아온 게 부모가 되기 위해서였다고 말하는 것만 같아서. 부부 두 사람만의 시간은 아이를 갖기 전의 유예기간에 불과하다고 말하는 것만 같아서. 만일 그런 거라면 신혼은 언제까지인 걸까.

그런데 놀라운 일이다. 아이라고는 관심도 없었는데 집을 나서면 거리, 식당, 버스 등 어디에서건 어린아이가 눈에 들어왔다. 작은 화면 너머 다른 사람이 올리는 아기의 사진을 시간 가는 줄 모르고 바라봤다.

아이에 대해 생각할 시간이 내게도 그렇게 찾아왔다. 서점과 도서관 서가를 살피고, 이미 아이를 키우고 있는 지인을 만나 아이를 가질 당시의 마음가짐을 묻고, 부모가 된 사람들이 온라인 공간에 털어놓는 얘기를 틈나는 대로 좇았다. 아이를 귀엽게 여기는 것과 낳아 키우는 건 전혀 다른 차원의 문제니까. 지금까지와 완전히 달라질 삶을, 포기하게 될 무수한 것들과 새로이 해내야 할 역할을 감당해낼 엄두를, 사람들은 어떻게 내는지 궁금했다.

지인들은 입을 모아 말했다.

"예전부터 결혼하면 아이를 낳아 키우고 싶었어."

그리고 뒤따라오는 공통적인 말.

"그렇게 생각이 많으면 못 가져. 절대 안 가질 게 아니라면 하루라도 빨리 갖고 봐. 한 살 한 살 더 먹을수록 체력이 달린다니까."

이런 마음으로 아이를 갖는다니, 나는 이해가 되지 않았다. 툭하면 남편에게 물었다. "네 생각은 어때?" 나를 향한 질문이기도 했다. 대답은 그때그때 달랐다. 굳이 무리해서 또 다른 행복을 붙잡을 필요가 있을까. 지금처럼 서로 귀여워하면서 적당히 철없고 게으르고 무책임하게 살고 싶다고 생각하는 날도, 젊은 부모와 어린아이를 보며 우리를 대입해보는 날도 있었다.

"우리도 저렇게 되겠지?", "으아, 나는 못 할 것 같아." 이런 말들을 놀이처럼 주고받으면서.

남편이 출근하면 조용한 집에 웅크리고 앉아 걱정의 나래를 펼치기도 했다. 상대가 알아주거나 돌려주기를 바라지 않고 무한한 사랑을 줄 수 있을지, 부모가 인생을 바쳐 키워도 자식은 아쉬운 구석이 있을 수밖에 없는데 그 외로운 자리를 감당할 수 있을지 자신이 없었다. 아내와 며느리 역할만 해도 훌훌 던져버리고 싶을 때가 있는데 내가 엄마까지 해낼 수 있을까. 그 전에 내 부모에게 잘 하는 것이 우선이지 않을까. 이제야 부부로 사는 일에 조금 익숙해졌는데 다시 처음으로 돌아가 맞춰갈 생각을 하면 아득해지기도 했다.

온갖 고민을, 꼬리에 꼬리를 물고 이어지던 생각들을 다 늘어놓자면 단행본 한 권 분량은 거뜬히 나오리라.

그러기를 장장 두 해. 잘 할 수 있을지는 여전히 모르겠고 힘들 게 뻔히 보이지만 요즘은 남은 생, 부모로 살아볼 마음이 때때로 든다. 그와 나의 모자란 부분도, 썩 괜찮은 면도 쏙 빼닮았을 아이를 나도 모르게 슬며시 그려보는 것이다. 그러고는 얼마 못 가 다급히 "방금 한 말 취소야, 취소"를 외치는, 지금은 그런 상태.

어쨌거나 두 번의 가을을 나는 동안 우리 안의 무언가가 움직여왔다는 사실이 신기하다.

돌아보면 대학 전공을 선택할 때나 취업과 퇴사를, 결혼을 결정할 때도 이런 식이었다. 남들에게 설명할 마땅한 이유 없이 어느 순간 마음의 눈금이 한쪽으로 약간 더 옮겨간 걸 발견할 수 있었다. 그렇게 '확실히 이쪽'이 아니라 '음, 여기가 더 끌리는 것 같아' 하는 마음으로 가고자 하는 길의 문을 힘껏 밀고 들어갔다. 지난날 내 물음에 지인들이 그렇게 답할 수밖에 없었을 사정을 뒤늦게 짐작한다. 제아무리 중대한 문제라도 우리를 결정으로 이끄는 건 왠지 그러고 싶은 마음, 허술하면서도 단단한 이 마음인 셈이다.

마음은 노력하는 게 아니라 자연히 오는 것. 그 마음, 아직 오는 중이다.

살아볼 가치

이 세상에 태어나
살아볼 가치가 있는 걸까?

한동안 이 질문을
품고 다녔는데
문득,

가치까진
모르겠지만
사랑받고
사랑하는 경험은
해보면 좋을 것 같아.
그런 생각이 들었다.
어쩌면,

이런 마음으로
아이를 가지는 걸까?

내가 좋아하는 질문

대화를 나누다 친구가 무심코 꺼낸 말에 놀랐다.

"기억나? 학교 다닐 때 네가 오래 살고 싶지 않다고 그랬잖아."

"내가? 내가 그런 말을 했다고?"

친구는 당시 자신이야말로 나의 말에 놀랐단다. 되짚어보니 비슷한 말을 한 것 같기도 하다. 스님이 강의하던 교양 수업에서 단체로 템플 스테이를 갔을 때다. 같은 수업이 열린 다른 캠퍼스의 사람들도 한데 모여 산자락에 자리한 절이 북적였다. 저녁 즈음 모르는 사람들끼리 팀이 되어 법당에 모여 앉아 유서를 써보고 낭독하는 시간을 가졌는데, 내 차례가 되어 읽을 때 팀원들이 눈을 휘둥그레 뜬 채 일제히 나를 쳐다본 기억이 난다.

"언제 죽어도 상관없지만" 나는 그렇게 말했던 것 같다. 그래, 그랬다. '삶에 대한 기대가 없는 사람일수록 열심히 산다' 같은 어디선가 주워들은 문장을 품고 다녔던 것도 같다. 오래 살고 싶지 않다니, 언제 죽어도 상관없다니. 스무 살 언저리의 나는 죽음을 몰랐거나 소중한 것을 몰랐거나 둘 다이거나. 요즘으로 말할 것 같으면, 오래 살고 싶다. 가능한 한 건강하게 오래, 사랑하는 이들과 함께하고 싶다.

몇 달 전의 일이다. 늦은 밤 머리카락을 말리다가 원형 탈모가 생긴 걸 발견했다. 심지어 얼굴에서 가까운 부위. 그 순간 그날 하루가 삽시간에 지나가며 '오늘이 마지막 날이라면 하루를 이렇게 보낸 걸 후회할 것'이란 생각이 난데없이 나를 엄습했다. 일이 뜻대로 풀리지 않는다고 깨어 있는 동안엔 컴퓨터만 들여다본 지 몇 달째, 내 꼴과 집 안 꼴이 엉망이 된 걸 인지하면서 모른 척한 지도 오래였다. 전혀 예상하지 못한 이상 증상이 지금의 삶은 언제든 부서질 수 있다는 사실을, 그런데도 그걸 잊고 영원할 것처럼 보내고 있었다는 현실을

일깨워준 거다. 등골이 서늘했다.

이후 빗길을 걷다 크게 넘어지고도. 평소와 다르지 않게 걸었을 뿐인데 순식간에 발이 미끄러져 벌어진 사고였다. 머리까지 부딪친 것 치고는 경미한 부상만 입어 운이 좋았다고 가슴을 쓸어내렸지만 바로 그 이유로 아찔했다.

불의의 사고나 사건으로 당장이라도 이번 생이 끝날 수 있다. 내일 죽는다고 해도 이상하지 않다. 이런 사실이 당황스러울 정도로 생생하게 와 닿는다. 하필 언젠가부터 금요일 저녁마다 〈궁금한 이야기 Y〉를 챙겨봤기 때문일까. 고속도로를 달리다 맞은편에서 날아온 정체불명의 쇳덩이에 맞아 즉사한, 결혼을 앞둔 사람의 사연 같은 걸 보고 나면 머릿속에서 지워지지 않았다. 그런데 이 프로그램은 주로 이처럼 누군가에게 예고 없이 들이닥친 불운을 다루었다.

아마 그즈음부터일 테다. 거의 날마다 자문하기 시작한 것은. 이를 테면 이런 식이다. 늦잠으로 아침이 허망하게 지나가버려 아예 오늘을 망쳐버리고 싶은 심정이 되었을 때 "잠깐, 오늘이 마지막 날이 될 수 있다면?" 일이 마음처럼 안 된다고 창밖이 어둑해지도록 책상 앞을 떠나지 못하고 있을 때 "오늘이 마지막 날이 될지 모르는데 이대로 괜찮겠어?" 어떤 일에 과도하게 마음을 쓰고 있음을 자각하고선 "그런데 오늘이 마지막 날이라면? 이게 그만한 가치가 있는 걸까?" 무언가를 무척 괴로워하며 하다가 문득 "내일은 오지 않을지도 모르는데?" 그러면 몇 번이고 실수로 뜨거운 냄비에 손이 닿았을 때처럼 화들짝 놀란다. 잊어선 안 될 것들을 얼마나 쉽게 잊고 사는지 내 어리석음에 고개를 젓는다.

죽는 건 어떤 경우라도 아깝고 아쉬울 테지만, 죽으면 후회도 할 수 없겠지만 그럼에도 불구하고 이 하루를 보다 잘 살고 싶어 묻는다.

"오늘이 마지막 날이 될 수도 있다면?"

이 질문에 답을 고르자면 잘 사는 게 어떤 건지 알 것만 같다. 조금은 잘 살게 되는 것 같다. 이런 나를 유난스럽게 볼지라도 어쩔 수 없다.

한낮의 심부름

얼렁뚱땅 오전을 보내고 막 일에 돌입해보려는데 남편에게서 전화가 걸려왔다. 노트북에 이상이 생겨 놔두고 간 충전기가 당장 필요하단다. 하여간 뭘 좀 해보려고 하면 기다렸다는 듯이 훼방을 놓는다. 오가는 시간 합하면 넉넉히 한 시간 반은 걸릴 텐데. 다녀와 집중을 좀 하나 싶으면 남편의 퇴근 시간이 다가올 테고, 그럼 서둘러 집 안을 정리하고 저녁 준비를 해야 하리라.

"바로 가져다줄게."

입이 댓 발 나온 채로 외투를 걸치고 노트북 충전기를 천

가방에 담아 현관을 나섰다. 집에서부터 지하철역에 다다르는 동안, 또 지하철 승강장에서 열차가 올 때까지 기다리는 사이 두어 번 휴대전화를 꺼내 시간을 확인했다. 지하철에 올라 예닐곱 정거장을 지나는 동안에도 참지 못하고 가방에서 휴대전화를 꺼냈다 다시 넣었다.

남의 속도 모르고 지하철 7호선은 유난히 깊다. 에스컬레이터에 몸을 실었다가 이어서 긴 계단을 올랐다. 어두컴컴한 지하철역을 빠져나와 남편의 회사가 위치한 방향으로 몇 걸음 떼는 순간, 예기치 못하게 맞닥뜨린 광경. 벚꽃이었다. 양지바른 곳에 뿌리를 내린 작고 여린 벚나무 두 그루가 이르게 꽃을 피워낸 것이다.

건물 유리창에 비추어 보지 않아도 내가 활짝 웃고 있다는 걸 알 수 있었다. 심지어 흥분하기까지 했다. 봄꽃의 여운을 안고 얼마를 더 걸었을까. 저 멀리 미안한지 쭈뼛대며 걸어오는 남자가 보였다. 종종거리며 뛰어가 충전기를 건네주며 물었다.

"출근길에 벚꽃 봤어?"

"아니, 벚꽃이 폈어?"

"지하철에서 나와서 샛길로 들어오기 전, 음악 학원 있는 건물 앞에! 퇴근할 때 봐봐."

다시 사무실로 떠나는 남편을 향해 힘껏 손을 흔들었다.

결혼 소식을 알리자 대학교수님은 부부 사이에 효율성을 따지지 말라고 조언해주셨다. 주말에 아이를 학원에 차로 데려다주는 일은 혼자 해도 되지만, 당신은 일부러 아내와 동행한다면서 한 말씀이다. 엉뚱하게도 나는 부부가 아이를 위해 시간을 내는 일에 마음이 갔다. 아이가 아니었다면 다니지 않았을 그 길에서 교수님 내외도 무언가를 만나지 않았을까. 집에서 못다 한 이야기를 나누기도 했으리라.

더불어 산다는 건 내 삶이 온전히 나만의 것이 아니라는 의미. 원하지 않은 때에 바란 적 없는 방식으로 상대가 불쑥 내 영역에 들어오는 게 일상이다. 그런데 그때 자신의 것을 내어주면 알게 된다. 사는 건 어떤 지점을 향해 바삐 달려가는 게 아니라 매 순간을 사는 것임을. 함께일 때 좀 돌아가게 될지언정 혼자라면 가보지 못할 세상에 닿기도 하는 것임을.

몇해 전 좋은 기회로 장흥군의 김 양식법을 홍보하는 그림을 그렸다. 김 이외에 다른 것들이 자라지 않도록 산을 쓰는 게 일반적이나 장흥에서는 2008년부터 산을 쓰지 않고 김을 양식한다고 한다. 김이 자라는 속도가 느려지고 어부가 품을 더 들이게 됐지만 그 덕에 생태계가 살아나 어패류와 낙지 생산량이 늘어났다는 소식을 들었다.

나만 상대를 배려하고 희생한다고 볼멘소리 나오는 순간들이 밀려올 때에도 곰곰이 생각해보면 나도 숨 쉬듯 신세를 지고 은혜를 입고 있음을 알게 된다. 자각하지 못할 뿐 지금 이 순간에도 말이다.

한 시간 반 늦어지는 게 무어 그리 대수라고. 간장 종지처럼 얕고 좁은 마음을 내 자신에게 들킨 것 같아 뺨이 달아오른다. 음…… 때 이르게 피어난 봄꽃에 설렌 것이라 치자.

생각지도 못한 다정

별다른 이유 없이
지치는 날,

마트
포인트 적립할
전화번호 뒷자리 불러 주세요~
△X□○예요~

아~ 지혜 씨~
제가 좋아하는 이름이에요.

낯선 사람의
사소한 다정에
별안간 괜찮아졌다.

내가 아는 부자

상도동 끝자락, 낡고 아담한 빌라에 부자가 산다. 도서관에서 빌리려면 언제 차례가 올지 기약할 수 없는 인기 작가의 신작 소설을, 선물 받은 카놀라유가 반이나 남았지만 먹어보고 싶던 엑스트라 버진 올리브유를, 슈퍼에서 파는 것보다 몇 천 원 더 비싸지만 모양이 유려한 스테인리스 채칼을 최근 이 부자 덕에 샀다.

부자란 바로 나의 남편이다. 내가 소비를 망설이거나 값싼 것을 찾아 헤맬 때마다 남편은 열이면 열, 사고 싶은 걸 사라며 권유한다. "나, 부자야" 말하면서.

내일은 바다 건너 가까운 나라로 여행을 간다. 불과 몇 시간 전에 결정된 일이다. 남편이 퇴근길 갑작스레 휴가를 받아 온 것이다. 휴일이 일정치 않은 업종에 몸담은 사람과 만나온 세월이 다섯 손가락을 넘어서다 보니, 예고 없이 던져지는 쉼을 낚아채는 일에 제법 익숙해졌다. 그런데 이번엔 비행기 티켓이 해도 해도 너무 비쌌다. 특가는 바라지도 않건만 극의 극성수기 가격이라니. 아무리 우리가 대책 없다지만, 우리 형편에 이게 가당키나 한 걸까? 손톱만 잘근잘근 씹던 내게 남편이 외쳤다.

"나, 부자야. 아니, 우리 부자야!"

이 남자는 언제이고 이처럼 여유만만이어서 때로 헛웃음이 난다. 누가 들으면 정말 부자인 줄 알겠지만 각자 모은 얼마 안 되는 돈은 결혼한다고 탈탈 털어 썼고, 남편은 대출한 학자금 갚자마자 언덕배기에 있는 신혼집 구한다고 도로 빚을 지었으며, 심지어 퇴사 후 내 수입은 대체로 미미해 저 혼자 버는 것과 다름없는 실정. 똑같이 넉넉하지 않은 환경에서 자라 지금 똑같이 없어도 사람마다 이렇게 다르다. 남편과 만나며 나도 제법 쓸 줄 아는 인간이 되었다지만 그를 따라가려면 아직 멀었다.

나는 월급 받던 시절에도 이천 원이 채 안 되는 음료조차 시원하게 소비하는 일이 드물었다. 타지에서 방세 내고 저축하며 생활하기에 벌이가 아주 풍족한 건 아니었으나 그렇다고 해서 그 정도로 팍팍한 건 아니었다.

그래서였을까. 내 힘으로 돈 벌어 먹고살면서도 신세가 초라하게만 느껴지는 날 많았고, 힘겹게 돈 버는 이유를 곧잘 잃어버렸다. 이제는 안다. 지금 먹고 싶은 것 먹으려고, 오늘 갖고 싶은 것 가지려고, 이번에 하고 싶은 것 하려고 돈을 번다는 것을. 그건 낭비가 아니라 사는(生) 것임을. 기분 좋게 살고 나면 내일도 살아볼 기운이 났다.

산문집 『눈뜨면 없어라』에 읽을 때마다 고개를 주억거리게 되는 구절이 있다. 저자의 아내가 저자에게 고백하는 대목이다.

"다섯 살 때였나 봐요. 어느 날 동네에서 놀고 있는데 피아노를 실은 트럭이 와서 우리 집 앞에 서는 거예요. 난 지금도 그때의 흥분을 잊을 수가 없어요. 우리 아빠가 바로 그 시절을 놓치고 몇 년 뒤에 피아노 백 대를 사줬다고 해도 나한테 그런 감격을 느끼게 만들지는 못했을 거예요."

남편의 태도가 여기에 맞닿아 있으리라. 오늘도 쓰고 나중에도 쓰려고, 나중에도 살고 오늘도 살려고 돈을 번다는 사실을 나 역시 의식적으로 떠올린다. 훗날을 대비하되 오늘을 잃어버리지 않을 정도로만 하고 싶다. 그땐 그때의 우리가 지금처럼 성실히 일하고 있을 거라 믿고서. 얼마 전부터는 은행에서 빌린 전세자금을 갚기 시작했다. 갈 길이 멀지만, 빚은 줄어든다.

한때 잘나갔으나 지금은 현지 학생들의 수학여행 숙소로 즐겨 이용되는 것으로 보이는, 하지만 앙증맞은 단독 해변도 있는, 그런데도 무척 저렴한 호텔을 운 좋게 구했다. 내일 한 시 즈음이면 우리는 오키나와에 있을 것이다.

"우리 부자야." 남편이 주문처럼 외는 이 한 마디엔 정말이지 영험한 힘이 있다.

이왕이면 맛있는 걸로

여름의 실감

어둑해진 저녁, 컴퓨터를 하다 무심코 방을 둘러보는데 낯선 무늬가 불현듯 눈에 띄었다. 자세히 보니 창문과 천장 사이 검지 길이만 한 벽 위로 은근한 물 자국이 생겨 있다. 이틀간 비가 세차게 퍼부은 후다. 곧장 자리를 박차고 일어나 큰방과 침실, 주방 외벽을 부산스럽게 살핀다. 다른 데는 이상이 없다. 이 집에서 맞는 세 번째 여름이다.

식 올리기 전 살림을 먼저 합쳤다. 애인과 나, 둘 다 자취를 하던 와중에 내가 살던 원룸 계약이 유월로 만료될 상황이었다. 결혼은 더운 날 지나 가을에 하기로 했다. 우리가 얼떨결에 구한 보금자리는 언덕 따라 다세대주택과 빌라가 들어선 동네에 자리한, 정겹다면 정겹고 허름하다면 허름한 빌라였다. 부동산 중개인은 우리더러 운이 아주 좋은 거라고 했고, 남편의 직장 상사 역시 그 돈으로는 절대 구할 수 없는 조건이라고 부추겨, 집을 알아보기 시작한 날 처음 소개받은 집으로 얼렁뚱땅 계약해버렸다.

현관문 너머 활달한 남자아이와 젖먹이 아기, 엄마로 보이는 피곤한 기색의 여자가 맞이하던 곳을 무척이나 조심히 그러니까 대강 둘러보고선 일어난 일이다. 보일러실 벽면에 곰팡이가 어슴푸레하게 비쳐 결로 가능성을 물었더니 이런 것도 없는 데를 원하면 아파트로 알아보라는 부동산 중개인의 말이 심히 매서워 더 알아볼 의지가 달아나버린 탓도 있었으리라.

이사를 앞두고 도배하던 날, 이른 아침부터 도배사에게 드릴 간식이며 쓰레기 종량제 봉투 등을 분주히 사다 나르다가 심장이 철렁 내려앉았다. 살면서 그런 벽을 본 건 처음이었다. 불에 그슬린 것처럼 새까맸고, 축축했다. 어린 날 오래된 한옥을 전전하며 살았지만 집의 민낯을 본 적은 없었다. 부모님은 이런 걸 몇 번이나 본 걸까.

계약을 무르고 싶은 심정이었지만 돈과 시간이 없었다. 몇

만 원을 추가해 곰팡이를 닦아내고, 약품을 발라 말린 후 하얀 벽지로 덮어버렸다. 사는 일이 막막했지만, 살아야 했다. 제습기를 들여 돌리고, 공기청정기를 켜고, 그러다가 창문 활짝 열어젖혀 환기를 시키는 일에 열과 성을 다했다.

웬만한 집 벌레는 다 봤다고 자부했는데, 생경한 벌레가 속속 나타나 자주 기겁했고 그럴 때마다 가슴 안쪽이 저렸다. 여기 살 거면 너네도 돈 내고 살라고 허공에 대고 몇 번인가 외쳤는데 들었을까.

이사하고 한 달가량 지났을 즈음 장마가 왔다. 비가 그치자 방마다 천장과 벽이 만나는 부분에 보란 듯이 누런 물 자국이 생겨났다. 벽지가 울렁거렸고 내 팔다리는 후들거렸다. 집주인이 시공업체 사람을 데려와 보고 갔고, 그다음엔 업체 사람 여럿이 찾아와 외벽마다 단열 시공을 했다. 들인지 얼마 안 된 세간에 비닐을 씌워 중앙에 옮겨두고는 사흘을 남편 회사 부근 싸구려 숙소에서 묵었다.

업체 사람들이 떠나간 집은 난장판이었다. 움푹 패고 본드 자국이 지저분하게 남은 장판과 벽지가, 다시 쓸고 닦고 정리해야 할 살림살이가 나를 반겼다. 도로 현관문을 닫고 나가고 싶었다. 여생을 함께하기로 한 남자는 유례없이 바빴다.

일에 지쳐 잠든 남편의 등을 가만히 바라보던 푸른 새벽녘이 지금도 선연하다.

마른걸레를 가져와 닦고 거실에 있던 제습기를 바싹 끌어와 켠다. 내일 해가 나면 금방 마를 것이다. 이런 것쯤 이제 아무 일도 아니다. "집주인, 시공사기 당했나 봐" 우스갯소리 적어 아직 회사에 있는 남편에게 보냈다.

작은 벌레가 슬금슬금 모습을 드러내면 더운 계절이 오고 있음을 실감한다. 다행인 건 수가 확연히 줄었다는 사실. 이 년이라는 세월 동안 우리 손길이 닿고 생활이 더해져 나름 안락하고 쾌적한 터전이 된 것이라 하겠다. 암만, 그렇고말고. 남편이 맨바닥에 누울라치면 벌레 나온다고 펄쩍 뛰며 저지하던 때가 생생한데, 반나절만 외출했다 와도 역시 집이 최고라며 벌러덩 드러눕는 '우리 집'이 된 지 오래다.

그해 여름날의 일기장을 들춰보면 이렇게 쓰여 있다.

"사는 건 '그럴 수 있지' 하며, 무던해지는 과정인지도 몰라."

'그럴 수 있지, 다 그럴 수 있지' 우물거리며 지나온 세월이 스쳐 지나간다.

그나저나 이 집에 살면서 시력이 좋아진 게 틀림없다. 일러줘도 남편은 보지 못하는 작디작은 벌레들을 기가 막히게 발견하는 걸 보면.

어떤 날엔 사는 게 꼭
www.
딸깍
명상 음악
힐링 음악
기분 좋아지는 음악

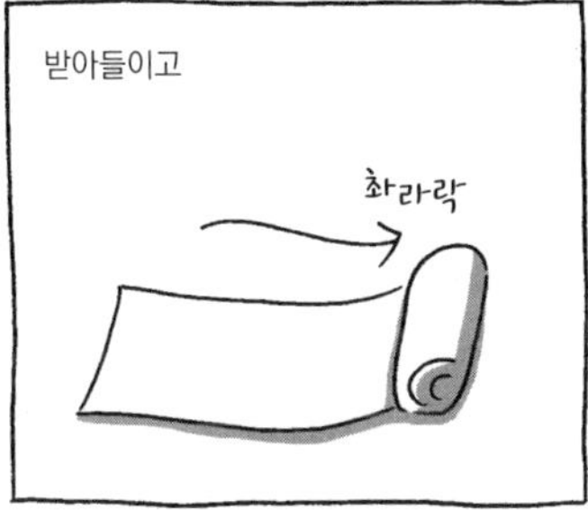
받아들이고
촤라락

받아들이는 일 같아.
그럴 수 있지
그럴 수도 있지

그럴 수…
…없어!!!
……

바지는 스판

스판이 들어간 바지를 입으면 편하다는 사실을 최근에야 알았다. 나는 지금까지 스판이라곤 1퍼센트도 들어가지 않은 바지만을 선호해왔다. 울이든 폴리든 면이든 여하간 어떤 소재이든 스판이 섞이지 않아야 바지 자체에 힘이 있어 입었을 때 맵시가 난다고 생각했기 때문이다. 타고나길 상체보다 하체가 발달한 체형이라 여태껏 허리는 꼭 맞고 다리통은 다소 헐렁한 모양의 바지를 입어왔다. 그게 신체의 단점을 어느 정도 보완해준다고 믿었다. 하여 교복을 입던 시절부터 허리가 조금이라도 끼는 느낌이 들면 바로 먹는 걸 조절했다. 허리라도 날씬하게 유지하고 싶었으니까.

그런데 살이 찌고야 말았다. '지금 이거 먹으면 살찔 텐데'

라는 생각은 요가매트 말 듯 돌돌 말아 구석에 치워두고 내킬 때 빵을 먹고, 과자를 씹고, 음료를 마시고, 치킨을 뜯은 대가였다. 좀처럼 되는 일 없는 나날엔 먹는 낙이라도 필요하다. 예전이라고 일이 술술 풀렸을 리 없는데 대체 그땐 어떻게 참은 걸까. 그리고 살아온 시간은 어디로도 사라지지 않는다는 사실을 알게 됐다. 내 배가 말해주고 있었다.

살이 찌자 스판이 없는 바지의 문제점이 여실히 드러났다. 일말의 탄성도 없는 바지에 몸을 집어넣으면 허리를 숙이거나 다리를 굽혀 앉기가 불편했다. 긴 상의를 입고서 슬쩍 버클을 풀어도 편하지 않은 건 매한가지였다. 어느 정도였냐면 버스에서 자리에 앉으라고 거듭 권하는 남편에게 눈을 흘긴 적도 있다. 바지가 껴서 못 앉는다고!

바지가 몸을 옥죄니 덩달아 심사가 뒤틀렸다. 외출할 일이 생기면 한숨부터 나왔다. 잠기지 않는 바지에 몸을 구겨 넣어야 하는 상황이 닥치면 누구라도 그럴 것이다. '얼른 살을 빼서 이 상태에서 벗어나야 해' 날마다 스스로 다그쳤지만 그즈음 왜인지 나는 줄곧 무기력했다.

요즈음 바지를 고를 때면 소재부터 확인한다. 스판이 들었나 안 들었나는 바지를 고르는 절대적인 기준이 되었다. 아무리 예뻐도 스판이 없으면 탈락이다. 최근 내가 즐겨 입는 바지는 스판 함유율이 30퍼센트에 육박한다. 냉정해야 한다. 디자인이나 가격에 혹해 스판 없는 바지를 고르는 일은 상상하기도 싫다. 스판 바지를 입으면 어떤 의자에도 척척 앉을 수 있다. 버스 의자도 택시 좌석도 가리지 않는다. 내친김에 다리도 쫙쫙 찢을 수 있을 것만 같다. 바지가 이렇게나 편한 옷이었다니, 나는 그동안 바지를 모르고 살았다는 생각마저 든다.

새로이 알게 된 또 다른 사실은 스판 바지라면 엉덩이와 허벅지에 착 달라붙어도 괜찮다는 점이다. 체형에 맞게 안정적으로 늘어나는 동시에 처지고 불룩해진 살을 싹 감싸 안아 올려주어 맵시가 생각보다 훌륭했다.

따지고 보면 뱃살은 고단한 나날을 버티게 해준 하찮은 기쁨의 증거. 이제 와 천덕꾸러기 취급을 하는 건 치사한 일이다. 이별할 땐 하더라도 함께하는 동안엔 사이좋게 지내고 싶다고 할까. 스판은 그런 내 마음 헤아려 이대로의 나를 꽉 끌어안아 준다. 며칠 전 바지를 구입하면서는 사이즈도 하나 늘렸다. 스판이 들었음은 말하지 않아도 알겠지.

점심 장사 끝났습니다

현지인이 즐겨 찾는다는 강릉 물횟집. 숙소에서 택시를 잡아타고 가게 문 열기 삼십 분 전에 도착했건만 대기 줄이 벌써 상당했다. 밖에서 보기와 달리 내부가 널찍해 천만다행으로 남편과 나도 한 자리 차지하는 데 성공. 좌석이 사람들로 가득 차자 직원은 밖으로 나가 이제 막 식당에 도착한 사람들을 향해 말했다.

"점심 장사 끝났어요. 저녁에 오세요."

그러고는 유리문을 닫으면서 문에 걸린 팻말을 휙 반대로 돌렸다. 안에서 보기에 '영업 중'으로. 그러니까 바깥 사람들에겐 '준비 중'으로.

한 번에 감당할 수 있는 분량의 재료만 준비하고 소진되면 더 이상 주문을 받지 않는다는 식당의 운영 방침일 테다. 점심 장사가 끝나면 한숨 돌린 후 저녁 장사 준비에 돌입하겠지.

잘은 몰라도 한 번에 감당할 수 있는 분량이란 기꺼이 노동할 수 있는 양이 아닐까. 그래서인지 직원들의 표정이 밝고 생기가 감돌았다. 그건 손님에게도 달가운 신호다.

지난날 내가 몸담았던 곳은 많은 회사가 그러하듯 인력이 턱없이 모자랐다. 더 이상 못 할 거 같은 때에도 할 수 없는 일까지 해야 하는 게 일상. 상사는 '안 되는 게 어디 있느냐'고 수시로 소리쳤다.

사람은 사람이라서 필연적으로 한계를 지닌다. '안 되면 되게 하라'가 기본 신조인 곳에선 사람이 사람으로 살기 어렵다. 사람일 수가 없는데 어떠한 보람도 끼어들 틈이 있을 리 없지. 팀원들은 자주 아팠고 도망치듯이 회사를 떠났다. 할 수 없는 것까지 해내야 할 때, 결과물을 내긴 내겠지만 그건 누구의 만족도 끌어낼 수 없는 단지 '결과물'에 지나지 않게 된다는 사실을 회사생활을 통해 터득했다.

할 수 없는 것까지 해내야 하는 극한의 상황에서 발전한다고 생각하기 쉽지만 내 생각엔 틀렸다. 할 수 없는 것을 하려고 하면 탈이 날 뿐이다. '못 함'과 '안 됨'이 허용되는 곳에서 우리는 힘들어도 즐겁게 일하고 자신이 한 일에 자부심을 느끼며 남는 시간에 남는 기운으로 사랑도 하고 꿈도 꿀 수 있다.

그러다 보면 어느 순간 발전을 하게 되기도 하리라. 저마다의 한계를 인정하는 사회에서 우리는 보다 건강해질 것이다.

물회는 소문처럼 맛있었다. 점심과 저녁 사이 휴게 시간을 가지는 가게라면 맛이 나쁘진 않을 거라고 믿고 싶어졌다.

나만의 기준

여행할 때 우리

비행기 출발 두 시간여를 앞두고 간사이공항에 무사히 도착했다. 말 그대로 아무런 일 없이. 예컨대 전철을 잘못 타거나, 갈아타야 했는데 갈아타지 않았다거나, 도중에 사고라도 나는 일 없이.

숙소 부근 닛폰바시역에서 간사이공항까지 가는 일이 이렇게 진이 빠질 일인가, 노심초사할 일인가. 그럴 일이다.

자동발매기로 공항 가는 전철 표를 사고, 간사이공항이 목적지라고 표기된 전철에 올라 이 전철이 간사이공항 방면으로 간다는 안내방송까지 들었다. 그럼에도 불구하고, 어찌 된 영문인지 지도 애플리케이션은 도중에 갈아타야 한다고 가리키고, 한자가 익숙지 않아 전철 내 노선 안내도를 봐도 도통 뭐가 뭔지 알아먹을 수 없으며, 여행용 가방을 든 관광객은 이 칸에 남편과 내가 유일했다.

게다가 검색해보니 이 전철보다 더 빠르고 비싼 다른 전철을 타고 갔다는 후기가 절대적이어서 한 시간 내내 좌불안석이었다. 엎친 데 덮친 격으로 공항에 사람이 몰려 탑승수속이나 출국심사에 시간이 걸리고 그래서 비행기를 놓치기라도 한다면. 상상력이란 필요할 땐 애타게 찾아도 코빼기도 안 보이다가 이럴 때면 멋대로 튀어나와 발휘된다.

우리나라에서라면 가고 싶은 곳에 가는 건 일도 아닌데, 여행지에서라면 얘기가 달라진다. 그것도 초행길이라면. 이번처럼 사전 정보를 알아볼 새도 없이 왔다면. 마치 부모 손 잡고 부모가 이끄는 대로 따라다니다가 난생처음으로 혼자 대중교통을 이용하게 된 어린아이 꼴이 되고 만다.

교토와 오사카에 머무는 사흘 동안, 대중교통을 이용해 가고 싶은 곳에 가는 일은 녹록지 않은 과제였다. 교토 기온 거리에서 숙소로 돌아가는 버스가 정차하는 정류장을 못 찾아 같은 거리를 두 번이나 빙빙 돌고도 엉뚱한 데 서 있다가,

다른 사람이 말하는 것을 엿듣고 후다닥 이동한 일쯤은 예사였으니까. 허나 모르는 게 많다는 건 배울 게 많다는 얘기. 어떻게 해야 하는 건지 몰라 허둥대면서도 몸으로 부딪쳐 하나씩 돌파해가는 재미가 쏠쏠했다.

그러는 동안 무디어진 감각 또한 생생하게 깨어났다. 눈 크게 뜨고 사방팔방 예의주시하고, 듣기 평가 시험이라도 치르듯 집중해 듣고, 무려 이십여 년 전 학교에서 배운 제2외국어 실력을 더듬어 입을 떼는가 하면 별것 아닌 것에도 신기해하고 감탄했는데 이를테면 그저 동네에 있을 뿐인 평범한 가게나 골목, 과자나 음료 포장지, 교통 표지판이나 간판에서도 기어이 아름다움을 발견해내고 마는 식이었다. 정말 어린 아이로 돌아간 것 같았다.

모든 게 새로운 그때로, 모르는 걸 창피해하거나 모르는 나를 못마땅하게 여기지 않고 배움의 기쁨을 느끼던 시절로. 그래서 여행지에선 걷고 또 걸을 수 있는 것이리라.

여행을 할 때 우리는 마음껏 초보일 수 있다. 마음껏 모르고 마음껏 헤매고 마음껏 알아갈 수 있다. 평생 초보로 살 운명으로 태어남에도 나이를 먹을수록 실수 하나 맘 편히 할 수 없는 사정을 생각하면 대단한 특권인 셈이다. 어마어마한

대식가도 아니고 기념품을 쓸어 담아오는 것도 아닌데 여행만 가면 번번이 예상보다 지출이 많아지는 이유가 어쩌면 여기에 있는 게 아닐까. 말하자면 우리도 모르는 사이 이 특권에 대한 비용을 치르는 것이다.

그래도 그렇지, 어이없을 정도로 잔뜩 긴장해버렸다. 공항 의자에 털썩 주저앉았는데 실소가 터진다. 집에 도착하면 어린 날의 우리가 그랬던 것처럼 곯아떨어지리라. 초보는 기쁠 일도 많지만 그만큼 진 빠질 일도 많은 법이니까.

인생 초보자

어른이 되어버린 탓에

안 그런 척
애쓰고
있을 뿐.

어서 와~
고생했다,
우리는 모두 인생 초보자.

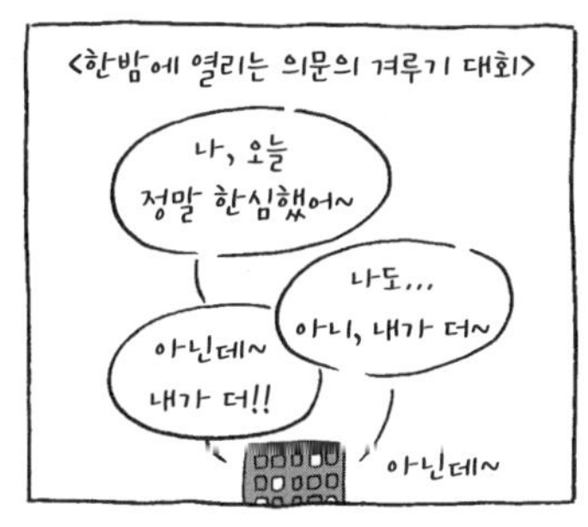
<한밤에 열리는 의문의 겨루기 대회>
나, 오늘 정말 한심했어~
나도... 아니, 내가 더~
아닌데~ 내가 더!!
아닌데~

변해서 변하지 않는 것

사랑을 고백하거나 사랑에 빠진 이의 심경을 담은 노랫말에 울컥하는 일이 잦아졌다. 드라마나 영화, 소설 따위에서 이제 막 사랑이 피어나는 순간을 만나면 어찌해야 할지를 모르겠다. 심장이 콱 아픈 것 같기도 하고 피부 아래가 간질간질한 것 같기도 하고, 그러다 돌연 눈물이 맺히기도 한다. 남편과 나의 처음이, 어린 우리 사이에 감돌던 공기가 그리워진다.

되돌아갈 수 없다는 이유만으로 떠나온 나날은 언제나 애틋해진다. 사실 이 감정은 당시의 것과는 다르다. 어떻게 보면 한 시절을 지나온 사람만이 누릴 수 있는 특별한 감정인 셈이다. 우리는 멈추지 않고 앞으로 걸어갈 테고 살아온 날들은 뒤로 길게 늘어날 테니 그만큼 그리움의 크기도 눈덩이처럼 불어나겠지. 그런 생각을 하면 좀 아득해진다.

한 날 집에 와 가방을 내려놓자마자 게임 콘솔부터 집어 든 남편에게 드라마에나 나올 대사를 던졌다.

"네게 나는 뭐야?"
"내가 사랑하는 사람이지."

이 남자는 특유의 능청스러움으로 위기를 가볍게 통과한다. 자정 다 되어 퇴근한 날에도 집 앞에 찾아와 얼굴을 보고 가던 남자는 이제 없다. 그때 그 남자가 보러 가던 여자도 없다. 수고를 들여 만나러 가야 하는 사람이 집에 오면 항상 반겨주는 사람, 늘 곁에 있는 사람이 되었다. 뭐, 이것도 나쁘지 않다.

언제나 함께할 것이라 믿는 사람이 있다는 건 상당한 안정감을 주니까. 그건 내게도 기쁜 일이다. 갓 결혼한 친구의 얼굴이 전보다 좋아 보이는 데엔 이러한 이유가 있으리라.

막 알아가던 시절의 긴장감이나 설렘은 이제 우리를 떠나갔지만 그때와는 다른 종류의 감정들이 우리 사이에 오간다. 손잡고 넘어온 세월이 가져온 변화다. 서로에 대해 더 알게 되었고 더 편해졌고 더 끈끈해졌다. 연애 초반과는 또 다르게 좋다. 변함없는 게 있다면 그때나 지금이나 함께일 때 제일 재미있다는 것.

영화 <툴리>에서 세 아이의 엄마이자 아내로 사는 툴리는 어느 날 어린 시절의 자신을 만난다. 엉덩이가 작고 자유분방하면서도 여유로워 보이는 이십 대의 툴리는 말한다. 당신처럼 얼른 가정을 이루고 안정적인 삶을 살고 싶다고. 그 시절 그녀는 불안해하고 있었다. 정작 지금 툴리는 고된 육아로 지금의 좋음을 느끼지 못하고 이십 대의 자신을 그리워하고 있었는데 말이다.

매일 연애 초반과 같아서는 지칠 것이다. 우리가 변함없이 그대로라면 오히려 재미없을 테지. 어제의 우리와 오늘의 우리가 같지 않아서 오늘도 좋을 수 있는 게 아닐까. 날마다 변해서 변하지 않는 것이다.

두꺼운 외투를 벗기엔 이르지만 봄이 멀지 않았음을 느낄 때면 가슴이 뛴다. 해마다 이맘때면 봄 몸살을 앓는다. 아마도 할머니가 되어서도 그러하겠지. 그런 생각을 하면 감격스럽다. 삼십 번이 넘도록 이 시기를 맞이하는 데도 여전히 새롭고 역시나 새롭다. 당연하다. 매번 다른 봄이니까. 다른 나이고 다른 날이니까.

변해서 변하지 않는다. 그 사실이 나를 위로한다.

찾아야 보인다

오늘의 좋음을 내일로 미루지 않겠습니다

초판 1쇄 인쇄 2019년 11월 15일
초판 1쇄 발행 2019년 11월 25일

지은이 오지혜 **펴낸이** 김종길 **펴낸 곳** 글담출판사 **브랜드** 인디고

기획편집 이은지 · 이경숙 · 김진희 · 김보라 · 김윤아
마케팅 박용철 · 김상윤 **디자인** 엄재선 · 손지원
홍보 윤수연 · 김민지 **관리** 박인영

출판등록 1998년 12월 30일 제2013-000314호
주소 (04029) 서울시 마포구 월드컵로8길 41 (서교동 483-9)
전화 (02) 998-7030 **팩스** (02) 998-7924
페이스북 www.facebook.com/geuldam4u **인스타그램** geuldam
블로그 http://blog.naver.com/geuldam4u

ISBN 979-11-5935-058-0 (03810)
책값은 뒤표지에 있습니다.
잘못된 책은 바꾸어 드립니다.

이 도서의 국립중앙도서관 출판시도서목록(CIP)은 e-CIP 홈페이지(http://www.nl.go.kr/ecip)와 국가자료공동목록시스템(http://www.nl.go.kr/kolisnet)에서 이용하실 수 있습니다. (CIP 제어번호 : 2019043051)

만든 사람들 ———————
책임편집 김진희 **표지디자인** 엄재선 **본문디자인** 정현주 **교정교열** 김문숙